Sonya
ソーニャ文庫

野獣騎士の運命の恋人

八巻にのは

JN122360

イースト・プレス

contents

プロローグ

その背中は、ティナにとって憧れのはずだった。

「ティボルト！　俺に続け！」

白銀の刃《やいば》を翻《ひるがえ》し、敵を斬《き》り伏せる上官『クレド＝ガルヴァーニ』はローグ国一の剣豪と謳《うた》われる騎士である。

その背中を守れることを光栄に思いながらも、彼が名前を呼ぶ声にティナはいつになく心がざわついた。

ティボルト＝フィオーレ。それがティナの本当の名前だった。

彼女は女性として生まれながら、訳あって男の名をつけられている。

常日頃から男のように振る舞い、今も剣を握る凛々《りり》しい表情に女々しさは欠片《かけら》もない。

その面差しは少年にしか見えず、起伏の乏しい身体のせいもあって先を進むクレドも彼女が女であることを知らない。

けれどそれは、彼女にとって利点であるはずだった。

「ティボルト、横だ！」

薄暗い森の中をクレドと共に駆けていたティナは、クレドの声にはっと我に返る。

気がつけばすぐ側の木の陰から男が剣を片手に飛び出してきていた。

普段ならそれにすぐ気づけたはずなのに、ティナは持っていた銃を構えることすらできなかった。

「気を抜くな！」

言葉と共にクレドが男とティナの間に割って入り、剣戟《けんげき》を受け止める。とっさの動きだったはずなのに、刃を受け止めるクレドには余裕さえ見て取れた。

「俺の部下に剣を向けた罪は重いぞ」

クレドは剣を軽々と跳ね上げると、男の脇腹に回し蹴《げ》りを叩き込む。

無駄のない動きはまるで演舞《えんぶ》のようだが、美しい所作から繰り出される一撃は見た目よりずっと重く、男は苦悶《くもん》の声を上げながらその場に頽《くずお》れた。

「よし、逃げたのはこいつで最後だな」

警戒を解き、クレドが意気揚々《いきようよう》と剣を鞘《さや》にしまう。その仕草すら格好いいと思ってしまってから、ティナは思わず項垂《うなだ》れた。

「すみません、先ほどは油断しました」

「いや、不意打ちだったし気づかなくても仕方はない」

ティナを見つめる視線にも、かけられた言葉にも非難の色はない。

けれどそれが余計に、彼女を苦しくさせる。

「だが、敵の殺気に気づかないのはお前らしくないな。最近よくぼんやりしているが、もしや何か悩みでもあるのか？」

責めるどころか心配までしてくれるクレドに、ティナは慌てて首を横に振った。

（悩みはあるけど、クレド隊長には絶対に言えない……）

敵の出現に気づかなかったのは、前を走る大きな背中に見惚《みと》れていたからだ。そして彼が自分を『ティボルト』と呼ぶことに、いつになく心がざわついていた。

でもそれを口にはできない。

「……私のことより、倒した男たちを尋問しましょう。たぶんこいつら、巷《ちまた》を騒がせている人身売買の組織に違いありません」

これ以上深入りされないようにと話題を無理やり変えようとしたのに、そこで突然クレドがティナの顎《あご》を摑《つか》む。

そのままクレドのほうを向かされた途端、ティナは真っ赤になって固まった。

「……本当に平気か？」

平気じゃないと叫びそうになるのをこらえながら、ティナはぎゅっと唇を引き結ぶ。

「おいティボルト、聞いているのか？」

「……聞いています」

「本当に平気か？　悩みがあるなら、俺が相談に乗るぞ？」

上官らしい凜々しい顔で尋《たず》ねられると、ティナの胸が激しく高鳴る。

(こんな反応……まるで恋する乙女じゃない!!)

実際その通りなのだが、それを認めることがティナにはできない。

だって認めたら、彼女は身も心も女になってしまう。

けれどそれは許されないことなのだ。

もしティナが女の一面を外に出せば、彼女はクレドに近づくことさえできないだろう。


なぜならクレドは、無類の女嫌いなのである――。


「ティボルト!!　ティボルトォォォォ――――!!!」

戦場であれほど凜々しかったクレドの顔がものの見事に崩壊したのは「悩みを聞くからお前もついてこい」と無理やり連れてこられた飲みの席でのことである。

せっかくの美丈夫《びじょうふ》が台無しになっている理由はもちろん、女性だ。

「隊長さん、今夜こそ私と過ごしてよ？　ねっ？」

などと言い寄りながら娼婦《しょうふ》とおぼしき女にふくよかな胸を押し当てられ、驚愕《きょうがく》のあまりクレドは完全に取り乱していた。

その情けない顔は、先ほど人身売買の組織を壊滅させた男と同一人物とは思えない。

そしてこういうとき、クレドを助けるのがティナの役目なのだ。

「叫ばなくても聞こえますよ。まったく、子供じゃないんだから……」

クレドに縋《すが》りついていた女の身体を引き剥《は》がした後、ティナは娼婦の腕を優しくさすり、そこでにっこりと微笑《ほほえ》む。

「ジェーンさんすみません、この人相変わらず女の人が駄目なんで」

「あはは、いいのよ。わかっててからかっただけだし、むしろティナくんのほうが……」

彼女にも男だと思われているのだったと思い出し、呆れながら断り文句を考えていると、突然逞《たくま》しい腕にガシッと抱え込まれる。

「やめろ！　俺の大事な部下はやらん！」

「冗談よ。野獣騎士を怒らせる真似なんて絶対できないしね」

そう言って去って行くジェーンを見ながら、ティナはうっかり高鳴ってしまう胸をぎゅっと押さえる。

動揺を何とか押し殺し、彼女はウンザリした表情を顔に貼り付けた。

「……隊長、苦しいです」

「ごめん、でももうちょっとだけ」

「もういい歳なんですから、女性の一人や二人自分であしらってくださいよ」

「無理。俺は触《さわ》るならお前がいい」

　こうして縋りつくなら女より断然ティナだと、クレドは本気で思っているのだ。

　そしてこの無自覚な執着が、今のティナにはとても辛い。

「それにしても、誰だ娼婦なんて呼んだのは……」

　言いながら、恨《うら》めしそうにクレドは今いる酒場の中に目を向ける。

　酒場にはティナの他にもクレドの部下がおり、そのうちの誰かが呼んだのだろう。

　先ほどティナたちが森で見つけて捕縛したのは、巷を騒がせていた人身売買の組織で、捕まえた者には騎士団から特別な褒賞が出ることになっている。

　それを十人も捕まえたということで、皆浮かれていたし、今夜は朝まで酒と女を楽しむつもりなのだろう。

（まあ隊長だけは、まったく楽しそうじゃないけど……）

「それにしても治りませんね、隊長の女嫌い」

　思わずティナがこぼすと、それにクレドのため息が重なる。

「そもそも女が俺を嫌いなんだ。昔から『野獣だ』『悪魔だ』と俺を見て泣き叫ぶし」

「でもそれ、昔の話でしょう？　今は好意的な目で見てくれていると思うんですけどね」

　モテモテですよとティナは言うが、クレドは女性たちの好意を素直に受け入れられない。

　今でこそ公の場に出ると女性たちに群がられることが増えたが、つい数年前までの彼は『野獣騎士』と呼ばれ人々から恐れられていた。

昔からクレドは、頭に血が上ったり気持ちが昂ぶりすぎると、自分の身体と心を制御できなくなるという悪癖《あくへき》がある。

普段の温厚さが嘘《うそ》のような荒々しい物言いと振る舞いになり、そこが戦場であれば敵に対して一切の容赦《ようしゃ》がなくなるのだ。

特に仲間を傷つけられると怒りが抑えられず、味方を襲った百人近い盗賊団をたった一人で皆殺しにしたときは助けた仲間からも怯《おび》えられた。

その話が巷に出回ったせいで、女性がクレドを恐れて彼を見かけるたびに悲鳴を上げるようになったという。その経験から女性不信に陥《おちい》り、今や近くで女性に微笑まれただけでも竦《すく》み上がるようになってしまったらしい。

「知っていますか、隊長。最近ではみんな、隊長のことを『紳士騎士』って呼んで憧れているんですよ、こんななのに」

「最近の女性は、好みがおかしい」

なんで俺なんかと彼は呻《うめ》くが、女性からクレドへのアプローチが増えているのは事実だ。

そしてそのきっかけを作ったのは、腕に抱かれているティナなのである。

今から六年前、騎士団に見習いとして入ったティナの教官が彼だった。

野獣騎士だと揶揄《やゆ》され同僚からも距離を置かれがちだったクレドに、「剣の指南をお願いしたい」と物怖《ものお》じもせず近づいたことがきっかけで、ティナはすぐさま気に入られた。

もちろん彼の女嫌いを知ったときは呆れたし、「その顔と年齢で童貞なんですか。悲しすぎますね」なんて失礼な台詞を言ってしまったこともあった。

だがクレドはそんなティナの振る舞いに好意的で、「お前に馬鹿にされたり、罵ってもらえるのが好きだ」と言われたことさえある。

更に不思議なことに、ティナの言葉や振る舞いには、なぜだかクレドを落ち着かせる力があった。

それは野獣と化したときも同じで、どんなに暴れていても、ティナが落ち着けと言えばクレドはいつもの自分に戻れるのである。

クレド曰《いわ》く、ティナに怒鳴《どな》られ、叱《しか》られ、駄目だと言われると、彼の中にいる制御できない獣が、従順な犬のようにシュンとするのだそうだ。それどころか、腹を見せて服従しているようなそんな感覚に陥ると彼は言っていた。

なぜティナの言葉にここまで反応するのかわからない。でもその効果は絶大で、それが周知されるやいなや二人はセットで扱われるようになった。

年齢も経歴もまるで違う二人だったが、野獣騎士と猛獣使いなどと言われて、その後はどんな任務でも二人は一緒だった。

それから六年。ティナのおかげでクレドは自分の野獣な一面とはすっかりご無沙汰だ。

もともと有能だったクレドは順調に出世し、ティナもまた優秀なため、二人してエリート部隊であるガハラド小隊を任されることになったのである。

相も変わらず女性は苦手だが、それ以外の問題は概《おおむ》ね克服されたクレドは今や完璧な騎士だ。だからこそ、そんな彼を前にして恋する乙女のような反応をしてしまう自分が情けなかった。

(副官を務めるには、自分はあまりに未熟すぎる)

任務中に気がそぞろになるなんて、騎士失格だとティナは思っている。

けれどクレドはティナの失敗に頓着《とんちゃく》しない。野獣なクレドを落ち着かせたのはもはや過去の功績なのに、当時の恩を未《いま》だ感じている彼の頭にはティナをクビにするという選択肢がまるでないのだ。

「本当に、ティボルトがいてくれてよかった。これからも、俺を女から守ってくれ」

言いながら、クレドはティナの小さな頭を撫《な》でる。そこに一切の躊躇《ためら》いがないからこそ、ついにティナは決意した。

(うん、やっぱり今日こそは言おう。そして、騎士として正しいことをしよう)

ここしばらく、ティナはずっとある決断を迫られていた。

クレドと離れがたいあまりずっと先延ばしにしてきたけれど、今日こそはとティナはついに覚悟を決める。

「実は隊長にお話があります」

「お、もしや悩みを相談する気になったか？」

頼られるのが嬉しいのか、クレドは声を弾ませる。けれど彼が笑顔でいられたのは、そこまでだった。

「実は私、騎士団をやめようと思っているんです」

「え……？」

「仕事をやめて身を固めろと母に強く言われたので、そうしようかなと」

「いや待て……待て待て待て！」

何から何まで理解できないといった顔で、クレドはティナの肩を摑む。

「身を固めるって、お前いつの間に恋人を作ったんだ」

「恋人はまだいません。このまま仕事を続けていると恋人ができる可能性もないので、やめようかなと」

「本気か？　本気で……それもそんな理由で、お前は剣を手放すのか!?」

正直に言えば、騎士団をやめる一番の理由は母からの圧力ではない。

だが日に日に母の小言が多くなっているのは事実だったので、クレドに告げる退職の理由に利用しようとティナは決めていた。

「むしろ、職のない男はモテないと思うぞ？」

「というか、言おう言おうと思っていたんですが……」

息を吸い、そして彼女はついに言った。

「自分は女です」

そこで、クレドの顔面は先ほどの比ではないほど崩壊した。

「前に一回お伝えしたんですけど、わかってなかったんですねやっぱり」

今の言葉さえ満足に理解できていないようで、クレドからこぼれたのは「……ほえ？」というなんとも情けない声だけだった。

「まあいいですけど、とにかくそういう事情なのでやめます。女の身で騎士なんてしていると、さすがに婚期を逃《のが》しますし」

というか既に逃し続けているのでと告げるティナの声すら、もはやクレドには届いていないようだった。

（うん、やっぱり女だったのがショックだったんだろうな）

だとしたらやはり彼の側にいるべきじゃないと改めて思い、ティナはクレドの腕からそっと出て行く。

「ということで、長い間でしたがお世話になりました」

そしてティナはものすごい速度で引き継ぎを済ませ、その二日後には騎士団をやめた。

一方クレドはというと、ティナが女だったことが衝撃的すぎたせいで、その二日間は虚《こ》空《くう》を見つめたまま固まっていた。

その後更に三日ほど放心し、はっと我に返ったときには既にティナの姿は側にない。物がなくなったティナの机を見て、クレドはある重要なことに気づく。

「どうしよう、俺……ティナ・ティボルトのことがものすごく好きだ!!」

そう言って机の上に崩れ落ちるクレドを見た部下たちが、「今更気づいたのかよ！」と、ツッコんだのは直後のことである。

だが残念なことに、クレドの心の叫びは騎士団をやめてしまったティナに届くことはなかった。

第一章

鏡に映る自分の姿を見て、ティナは今日もげんなりした顔をする。

六年間袖を通した騎士の制服を脱ぎ、代わりにドレスを纏《まと》うようになって一週間。

ドレスに短い髪のままではあまりに格好がつかないのでウィッグを使っているが、それでもちぐはぐさは否めない。

(似合わない。絶望的に似合わない……)

違和感しかない自分の姿に、ティナはげんなりしていた。

それでも朝食を取るために食堂まで行くと、既に彼女以外の家族は皆集まっている。

ティナの実家であるフィオーレ家は、代々有能な騎士を輩出する一族として有名で男爵の爵位も有する貴族でもある。

ただ父の代では男児に恵まれず、生まれた子供はティナを含めて全員女児。そのうち半数が結婚し家を出たが、それでもまだティナと三人の妹たちが家には残っていた。

それゆえ食事時になると常に華やかで騒がしいが、部屋にティナが入ってきた途端、会話が不自然に途切れる。

「い、いやぁ、ティナは今日も可愛いな！」

「お父様、無理やりなお世辞はやめてください」

「ああ、うん、すまん」

沈黙をかき消す父の一声で皆はようやく会話に戻るが、それでもティナにはそれなりにショックな一瞬だ。黙り込むティナを見かねて「みんなも可愛いと言ってあげなさい」と言う父が何よりも憎い。

(どうやったって似合わないいんだから、下手な同情はやめてよ！)

十九になる今の今まで、ティナは数えるほどしかドレスを着たことがなかったのだ。

なぜならティナは男児として育てられてきたからである。

フィオーレ家は、ローグ国の建国に関わった騎士の末裔《まつえい》でもある。

今から二百年前、ローグ国はこの辺りを治めていた巨大な帝国から独立を果たした。独立戦争の勝利の裏には優秀な十二人の騎士の活躍があったとされ、今なお人々は彼らに尊敬と憧れを抱いている。

故にローグ国では騎士の地位が高く、十二騎士の末裔とされる貴族たちには、有能な騎士を輩出するという暗黙の義務がある。

ちなみにクレドが当主を務めるガルヴァーニ家もそのひとつだ。

とはいえ、あくまでも『暗黙の義務』でありもちろん騎士を目指さない子供もいる。

ガルヴァーニ家はクレドが生まれるまで身体が弱い子供が続いたため、荘園《しょうえん》の経営で財を成していたし、フィオーレ家のように男児に恵まれない場合も多々ある。女性でも騎士になることは可能だが、貴族の子女が騎士になることはほとんどない。

だがティナの家は父も祖父も曾祖父《そうそふ》も騎士で、父の子もまた立派な騎士になるだろうと期待されていたため、男児の不在はゆゆしき事態だった。ティナの上にいる六人の子供たちは女ばかりで、父と祖父は男児が生まれないことにかなり焦《あせ》っていたようだ。

そんな折、母はティナを身ごもった。姉たちのときと違い、ティナはお腹にいるときから活発な子供で、毎日のように母の腹を蹴り元気に動き回っていたらしい。

その様子に両親も祖父も「今度こそ男の子に違いない！」と確信した。

気が早い彼らはティナが女である可能性を考えもせず『ティボルト』という男の名前まで先に決めてしまったのである。

難産ではあったものの、ティナは元気に生まれてきた。その力強い泣き声に「やっぱり男だ！」と家族中が大喜びしたが、残念ながらティナにはアレがついていなかった。

すぐに男児ではないと気づいたが、興奮した祖父が送り出してしまった使いの者によってティナの出生届は提出され、結果彼女は男の名前のまま生きることを余儀なくされた。

苦肉の策として『ティナ』という愛称《あいしょう》で呼ばれるようになったが、男性名を与えられたせいか彼女は幼い頃から男の子のように活発で、物心つく前から父が剣の稽古《けいこ》をする姿をじっと見つめ、自分もやりたいとせがんでいたらしい。

また誰に教わったわけでもないのに、僅《わず》か三歳で父の所有する暴れ馬を手懐けて勝手に背によじ登ったという話も残っている。

それを見た父と祖父が、ティナを息子のように扱い出すのは自然な流れだった。

当時、騎士団には女性の騎士はまだ少なく、出世はまずできないと言われていた。けれどティナならば立派な騎士になるに違いないと、父と祖父は確信していたらしい。

そして二人は、ティナを騎士として育てると決めた。

母は反対したそうだが、ティナのひとつ下の子供も女の双子で、もはや男児の誕生は絶望的だった。

故に母も強く出ることができず、何よりティナ自身が小さな頃から剣術や馬術の稽古を嫌がるそぶりがなかったので、止めることもできなかったのだ。

実際ティナも姉たちに混じって遊ぶより、父や祖父と剣の稽古をするのが楽しかったので、息子扱いを苦に思ったこともない。

騎士団で出世できたのも二人のおかげだと思っているし、そのことに恩も感じている。

（でも、ものすごく哀れんだ目で見られるのは嫌よ……！）

何より、俺のせいだと陰でこっそり凹《へこ》んでいる父の姿がティナは嫌だった。

父はティナを騎士として立派に育てたのだから胸を張ってほしい。女らしさがなくておかしいのは誰の目にも明らかなのだから、いっそ昔のように「何事も修行だティナ！　お前なら女になれる！」と叱咤激励《しったげきれい》してほしい。

けれどいくら願っても、家族は皆腫《は》れ物に触るようにティナに接するばかりだ。

（こんなことなら、やっぱり騎士団に骨を埋めるべきだったかしら……）

などと考えつつ、ティナは冷めたスープをぼんやり見つめる。

これが一週間前だったら「どうしたティボルト！　朝食を食べないなんて何か病気にでもかかったのか!?」とクレドが大騒ぎしているところだなとうっかり考えてから、ティナは頭に浮かんだ顔を振り払う。

時折こうして、クレドのことを思い出してしまうのもティナにとっては悩みの種だった。

（そもそもあの人のことを考えたくないから騎士をやめたのに、これじゃ意味がない）

こっそりため息を重ねながら、ティナは行儀悪くスープをかき回す。

今更女性らしい振る舞いができないと薄々わかっていたのに、長い片思いを拗《こじ》らせたせいで結局彼女は騎士団をやめて結婚しようと決めたのだ。

（どうして私、あんなダメダメな上官なんか好きになってしまったのかしら……）

一途な片思いなんて、自分らしくないとはわかっている。

だってティナはもう十九になるというのに、制服を着ていると未だ男の子に間違われるような容姿で、ドレスを着たってこの様なのだ。

人より小柄で、胸は平らで、髪だって短い。顔だって童顔のままで、男どころか少年扱いされることのほうが多い。

そんな自分が、国中の女性が憧れるクレドを好きになるなんて身分不相応だが、好きになってしまった気持ちは消えない。

消したくても、クレドがそれを許してくれなかったのだ。

（全部、悪いのは隊長よ。いつまでも私を男だと思い込んで、優しくしたり甘やかしたりするのがいけないのよ……）

かつて、野獣のような気性に変貌《へんぼう》した彼を落ち着かせた功績から、クレドはティナを部下にした。

それから六年、彼とはずっと共に仕事をしてきた。

もともと彼に憧れていたティナは最初こそ嬉しかったが、唯一困ったのは彼の過剰なスキンシップである。とにかく、近いのである。距離が。

（抱きつくし、よしよししてくるし、ほっぺだけどキスもするし、あんなことされて恋に落ちないなんて無理よ。ダメな大人だし残念な男だけど、隊長無駄に顔はいいし……）

顔だけでなく体つきも逞しくて素敵だし――と考えてしまってから、ティナは慌てて考えを振り払おうとする。

でも結局、気を抜くとクレドのことが頭をよぎるのは止められない。こうしてすぐ彼のことを考え、一喜一憂し、情緒不安定になるからこそティナは騎士団をやめたのだ。

クレドは女嫌いが行き過ぎて奇行に走ることはあるが、騎士としては有能である。

彼の受け持つ『ガハラド小隊』も、十二騎士の名を由来にする特別な小隊で、入隊できるのはエリートのみ。特に戦闘力に優れた騎士団一の強者ばかりが揃《そろ》っている。

正直ティナは、その副官にと言われたとき自分には荷が重すぎると思った。ティナを手放したがらないクレドの采配だとわかっているからなおさらだ。

クレドも騎士団の者たちも、ティナのことを『猛獣使い』と呼び野獣だった彼をまともにした功労者だと言うが、宥《なだ》めたのはたかだか数回のこと。

一度落ち着かせて以来自分を抑えるコツを摑んだのか、彼はもう長いこと荒れてはいないし、ティナがいなくたって暴れることはきっとない。

なのにいつまでもクレドに重用されることは、嬉しい反面少し苦痛だった。

彼に釣り合うよう他の人以上に鍛錬《たんれん》し、剣と銃の扱いは人より優れてはいるが、それでもクレドという人間には到底敵《かな》わないし並び立てるとは思っていない。

そんな自分がエリートたちの中でやっていける自信はなかったし、正直配属後も苦労の連続だった。

小隊にはクレド以上のくせ者ばかりが集まっていたし、腕は立つが怠《なま》け者も多いため副官として彼らを管理するのはすさまじく大変だった。

その上、男所帯なので毎日のように下品な話が飛び交っている。おかげでティナは男女のあれこれを嫌でも知ることになり、間接的にそれが騎士団をやめるきっかけにもなった。

あの小隊でよく二年ももったものだと、そこだけは少し誇りに思う。

大変だったがやりがいもあったし、もしあの出来事がなければもう少し長く勤めていたことだろう。

（でも結局私には無理だった。クレド隊長のことばかり考えて仕事に身が入らなくなった自分に、騎士を続ける資格はない……）

そして女性だと打ち明けた今、クレドは自分を必要とはしないだろう。だからもう、彼のことを考えるのはやめようと彼女は固く誓う。

（確かに隊長は格好いいし、優しいし、上官としても理想だったけれど、私にあ、あ、あんなことした人なのよ……。おかげで仕事も手につかなくなってしまったし、騎士として半端者になってしまったし、離れて正解よ、大正解！）

持っていたスプーンが曲がる勢いで拳《こぶし》を握り締めながら、ティナは次々に浮かぶクレドの顔を必死に消し続ける。

そんな彼女の様子を窺う家族の中、一番年下の妹ルルがティナに呆れた顔を向けた。

「お父様、お姉様がまたスプーンをダメにしているわよ」

「そっとしておくんだルル。お姉様はね、今内なる自分と戦っているんだよ」

「戦うって、お姉様はもう騎士じゃないんでしょ？　それに赤くなったり青くなったりするってことは、戦っているのは自分じゃなくて恋じゃないかしら」

おませな末の妹はそう言うが、当人は聞いていないし他の家族たちはそれを鼻で笑う。

「ティナに限ってそれはないよ。この子は生まれたときから剣が恋人だからね」

父の言葉に、ティナの母が悲しそうに頷《うなず》く。

「やっぱり女の子として育てるべきだったのよ。この歳で彼氏の一人もいないなんて不憫《ふびん》すぎるわ」

「彼氏はいないが、騎士として立てた武勲《ぶくん》は星の数だ。死んだ親父だって、ティナをフィオーレ家一の騎士だと誇っていたぞ」

「けれどその武勲のせいで、ちっとも結婚相手が見つからないんじゃない」

などと母と父がやりとりを始めた辺りで、ティナはようやく我に返る。

話は聞いていなかったが、周りの家族たちが自分を不憫な目で見ていることに気づき胃が痛くなる。

「なあティナ、あの、もし騎士団に戻りたいというなら俺は……」

「戻りたくありません。私は騎士として半端者ゆえ、団にいる価値もないので」

「いや、だがお前は優秀だとクレドからも常々聞いていたし、大きな失敗だって……」

「失敗してからでは遅いのです。騎士は民と仲間の命を背負う者、一瞬の油断が取り返しのつかない事態を生むのに、ここのところ私は仕事に集中できていない……。そんな自分に、騎士の価値はないんです！」

途中からは自分に言い聞かせるように、ティナは力強い言葉で告げる。

「……では、そろそろ失礼します。女の子になる鍛錬をしないといけないので」

そう言って席を立つと、「あれは真面目すぎるなぁ」と父がこぼす声が聞こえたが、ティナは無視して食堂を後にした。

（真面目すぎるなんて、言われなくてもわかってるわよ）

昔から仲間にもクレドにも、「お前は真面目すぎるし妙なところで意固地になる」と言われてきた。でも真面目に努力し、鍛錬を行ってきたからこそクレドの隣をギリギリ確保できていただけで、それがなければ自分には価値などない。

（でももう、己の非力さに悩むのは終わりよ。今後は騎士としてではなく、真面目な女として生きる）

握りこぶしを突き上げ「やるぞ！」と吠《ほ》えながら廊下を歩く様はちっとも女らしくなかったが、当人はまったく気づいていなかった。

◇◇◇

誰かが名を呼ぶ声で、ぼんやりと虚空を見つめていたクレドは我に返る。呼び声がティボルトのものならいいのにと思ったが、クレドの私室に入ってきたのは弟のラザロだ。

十以上年の離れた弟は無駄に頑丈《がんじょう》なクレドと違い病弱で、あまり部屋から出てこない。そんな彼が珍しく部屋にやってきたかと思えば、心配そうな顔をクレドへ向けていた。

「兄さん大丈夫？」

「それはこちらの台詞だ、ベッドから出て大丈夫なのか？」

「近頃は季候もいいし、新しい薬が身体に合っているのか元気なんだ。それより心配なのは兄さんのほうだよ」

そう言いながら、ラザロは長いこと閉め切ったままだったカーテンを開け、部屋に光を入れる。眩しさにクレドが目を細めている一方、ラザロは部屋の惨状を目の当たりにして顔をしかめた。

「三日も飲まず食わずで何をやってるのかと思えば、まさかずっと絵を描いていたの?」

「三日? 俺はそんなに長くここに籠《こ》もっていたのか?」

「まさか覚えてないの? しばらく誰も入るなって言って、自分で籠もったのに」

それは覚えているが、部屋でのことは正直ほとんど記憶がない。

一週間ほど前にティナが騎士団をやめて以来クレドはすっかり落ち込み、仕事がないときは執務室の床で死体のように転がっているばかりだった。

出動要請が入れば何とか動けるし仕事ぶりには問題はないのだが、悲しみを全身に纏い、喪失感を顔に貼り付けたクレドの姿はまさに亡霊《ぼうれい》である。

それを見かねた友人の騎士ルーカ=サルヴァトーレに「このままじゃ亡霊騎士って新しいあだ名がつくぞ」と心配され、別の小隊を指揮している彼が一時的にガハラド小隊を預かるから休暇を取れと言われたのだ。

上官たちからも気分転換をしろと言われていた矢先だったため、悩んだ末にクレドは生まれて初めて長期の休暇を取ることにしたのである。

とはいえ家にいても気分は晴れず、外に出かける気にもならない。だから唯一の趣味で

ある絵でも描こうと考えた辺りで、クレドの記憶は完全に飛んでいる。

(でもこの有様を見るに、三日間ずっと描いていたんだろうな……)

散乱した紙や部屋中に立てかけられたイーゼルと油絵の数は恐ろしい。だが何より怖いのは、その全てに描かれているのがティボルトであることだ。

「兄さん、自覚あるかと思うけどさすがに色々酷《ひど》いよ」

「……気持ち悪くてすまない」

「うん、さすがにちょっと気持ち悪いね。っていうか、何枚描いたの？」

「記憶がない。気がついたら、この有様だった」

「ティボルトさんのこと、本当に好きなんだね……」

しみじみと指摘され、クレドは返事に困る。

(やはり俺は彼が……いや彼女が好き……なんだろうな)

自覚はなかったが、今思えばクレドにとってティボルトは最初から特別な存在だった。

初めて出会ったのは、彼……いや彼女が騎士見習いとして騎士団にやってきてすぐのことだ。クレドは彼女の教官で、他に五人の少年たちがいた。

野獣騎士として名を馳《は》せていたクレドが教官だと知ると、皆一様にがっかりした表情を顔に貼り付けていたが、ティボルトだけは違ったのだ。

クレドに愛らしい笑顔を向け、「よろしくご教授お願いします」と声を弾ませていた。

可愛らしい反応に喜びを感じつつも、彼女が女であることには気づかなかった。

一応担当する新人の情報は見せてもらっていたが、クレドのしごきがきつく三日でやめてしまうか泣いて転属を願う者ばかりだったので、どうせ今回もすぐ逃げるに違いないとろくに確認もしなかったのである。

そのまま訓練が始まり、クレドはティボルトを男として扱いきつい訓練も課した。

案の定、他の新人たちは音を上げてしまったが、ティボルトだけは必死に食らいついてきた。その上楽しそうに、嬉しそうに、クレドの指導を受けてくれるのだ。

剣の稽古では、同僚たちでさえ五分で逃げ出すクレドの剣戟を一時間以上受けても、ニコニコしている有様である。その上休み時間になると「教官！　教官！」と話しかけてきては、クレドが今までに携わった事件のことを聞きたがった。

「自分は、クレド教官の武勇伝にずっと憧れてきたんです！　お一人で東ローグ海の海賊団を壊滅させた話は本当ですか!?」

などと目を輝かせてくるティボルトを可愛く思わないはずがない。

当時のクレドは騎士団のつまはじき者で、気性の荒さから幾度となくクビにもなりかけた。それでも頭を下げ、孤独に耐えつつ必死に騎士であり続けたのは、立派な騎士になるのが亡き父の願いだったからだ。

そんな日々の中に、突然自分を慕う可愛い部下が現れたのだ。

可愛くて、可愛くて可愛くて可愛くて、気がつけば教官としての威厳をどこかに置き去りにして、最後のほうはもうすでに溺愛していた気がする。

もちろん騎士として生きていけるように訓練は厳しくしたが、飲みにも連れて行ったし、時には部屋に呼んで同じベッドで眠り、請われるがまま自分の武勇伝を語ったりもした。

訓練期間が終わってからも、クレドはどうしてもティボルトと一緒にいたかった。

だから自分の部下にしたいと上官に掛け合い、床に頭までこすりつけて、彼はティボルトを手に入れたのだ。

ティボルトなら、野獣騎士である自分を見ても怖がらないかもしれない。受け入れてくれるかもしれないという思惑があったのだ。

そしてそれは、正しかった。

二人で組んで初めての巡回任務中、クレドはさっそく野獣騎士としての本性を現してしまったが、彼女は恐れなかったのだ。

それどころか、ちゃちなこそ泥を本気で殺しかけたクレドの剣を受け止め、「落ち着いてください！」と彼の股間を思いっきり蹴り飛ばすという肝っ玉の強さである。

思い出すだけで今も股間が疼《うず》く一撃だった。

だがあの衝撃と、「いつもの教官に戻ってください」と必死に訴えるティボルトの顔を見ていたら、あれほど抑えられなかった自分の感情を容易《たやす》く鎮《しず》めることができたのだ。

以来ずっと、クレドはティボルトを側に置き続けた。

六年もの長い間、彼女を誰よりも大事に思い、仕事でも私生活でも可能な限り一緒にいた。彼女も立派な騎士になり、独り立ちすることもできたが手放せなかった。

友人のルーカを筆頭に、他の小隊長から「ティナをくれ」と懇願《こんがん》されたことは何度もある。でもどうしても手放したくなくて、彼はティボルトを側に置き続けた。

手放す気などなかったし、これから先も一生一緒にいようと、クレドは思っていたのだ。

（なのにどうして……）

再び気分が塞《ふさ》ぎクレドは項垂れる。そして無意識のうちに、手にしていた絵筆を再び持ち上げたところでラザロが慌てて止めた。

「少し休みなよ。それに、これ以上絵ばっかり描いたって気持ちは晴れないと思うよ？」

「わかっているんだが、身体が勝手に……」

「これは重症だな……」

ティボルトが騎士団にいた頃から、彼女のことを考えているうちに書類の隅に絵をうっかり描き、「ティボルトを好きすぎる自分が怖い」と慄《おのの》くことがあった。

今思えば彼女への特別な感情が原因だったのだろうが、職務中にメモとして使う手帳もほぼティボルトの顔で埋まっているし、彼女には見せられないようなちょっと危ない絵もあるが、男だと思い込んでいたので恋の自覚はなかったのである。

「ねえ、そんなに寂《さび》しいなら会いに行けば？」

ラザロがそうこぼした一言に、クレドはきょとんとする。

「いや、何言ってるんだこいつみたいな顔しないでよ。こんなところでひたすら絵を描いているより、よっぽど健全だと思うよ」

呆れ顔で指摘され、クレドは改めて自らが描いたティボルトの絵と向き合う。

無骨な指先が描いたとは思えぬほど、彼の絵は精細《せいさい》で美しく写実的だ。カンバスに描《えが》かれたティボルトは本物そっくりだし、まるで生きているようにも見える。

でもそれらをいくら描いても、見つめても、クレドの心は晴れない。

彼を元に戻すには、やはり本物でないとだめなのだ。

「だが、彼女はもう騎士団にいない」

「いや、家にはいるんでしょ。会いに行けばいいじゃん」

完全に目から鱗《うろこ》だった。

「えっ、本気で思いついてなかったの？　馬鹿なの？」

「今日は辛辣《しんらつ》だな……」

「いや、兄さんの側にいて辛辣にならない人なんていないよ。ちょっと抜けすぎだよ」

確かに、昔はあれほど可愛かったティボルトも、途中からはクレドの一挙一動に辛辣な突っ込みを入れるようになっていたなと思い出す。

「別に喧嘩《けんか》別れしたわけじゃないし、ティボルトさんだって家の事情でやめただけなんでしょ？　だったら会いに行けるじゃない」

「いやだが、会って……何を話せば」

「話したいことを話せばいいんだよ」

「それがわからないんだ。あいつが女だとわかって、その上騎士団からいなくなって以来ずっと、頭の中がごちゃごちゃで考えや言葉がまとまらない」

「じゃあそれを素直に言ってみたら？　頭がごちゃごちゃになるほど会いたかったって言えば、きっと喜んでくれるよ」

ラザロに断言されると、彼女に会う勇気が少しずつ湧いてくる。

「花でも持って会いに行きなよ。あとお風呂に入ってかっこよくね」

ちょっと臭いよと笑うラザロに肩を叩かれ、クレドはようやく心を決めた。

「わかった、ティボルトに会いに行ってくる」

「わかってると思うけど、普通にだよ」

兄さんは時々ものすごく変なことをするから心配だとラザロに言われたが、さすがに人の家を訪ねるだけだからおかしなことはしない。

このときは、そう思っていたクレドだった。

◇◇◇

騎士団をやめて以来、ティナは淑女《しゅくじょ》としての作法を学ぶため、午前中は妹のルルと共に家庭教師の元で勉強に励んでいる。

これは女になるための修行だ！　と自分に言い聞かせながら努力はしているが、残念ながらこの時間もまた、ティナにとっては苦痛以外の何物でもなかった。

「まぁ、ルル様は刺繍《ししゅう》が本当にお上手ですね！」

自分より七つも年下の妹が家庭教師に賛辞されている横で、ティナは一人絡まった糸と格闘していた。

家に戻ってからの一週間、ティナは男らしすぎる振る舞いを矯正《きょうせい》するため頑張っているが、残念ながら効果は未だ出ていない。

両親が雇った家庭教師は有能で、彼女にフィオーレ家の子女たちは作法を教ったおかげでティナ以外の娘たちは皆、それなりに良い家に嫁《とつ》ぎ幸せな家庭を築いている。

そんな家庭教師の手を以てしてもティナの成長は見られず、ここ最近は彼女にもまた腫れ物に触るような扱いを受けていた。

「ティナ様のほうは……あの……個性的で素敵な刺繍ですね」

「無理やり褒めなくて大丈夫です」

「無理やりだなんてそんな！　とても素敵な蛇の刺繍だと思いますよ！」

「……これ、猫です」

見えなくても猫ですと繰り返すと、家庭教師がなんとも言えない複雑な顔で固まる。

そうしていると昼を告げる鐘が鳴り、家庭教師は慌てて立ち上がった。

「では、今日はここまでですね！　また明日！」

居たたまれなくなったのか、家庭教師はいつもの倍の速度で部屋を出て行く。

あまりの早足に申し訳ない気持ちになりながら、ティナは刺繍を投げ出した。

そして男のように足を開き、腰掛けていたソファにぐだぁっと身を預ける。

朝は頑張ろうと思っていたが、もはやティナの精神力は限界だった。

「お姉様、その座り方は淑女らしくないわ」

「淑女らしさなんて、私には欠片もないのよ」

「まあそうね」

末の妹ルルは、大人びた顔で辛辣なことを言う。

ルルは、ティナの振る舞いや態度を冷静にたしなめる唯一の存在だ。騎士団にいた頃はほとんど家に帰らなかったのであまり話す機会がなかったせいか、彼女は二人きりになるとにかく容赦がない。でも腫れ物扱いされることが苦手なティナにとって、ルルとの会話は逆に心地がよかった。

「ねえルル、刺繍のコツって何？」

「忍耐と集中力よ」

「それだけ聞くと、射撃の訓練と同じなんだけどなぁ」

遙《はる》か遠くにある針の穴ほどの小さな的を撃ち抜くことは得意だったのに、なぜ本物の針の穴に糸を通すのはこんなに難しいのかと悩んでいると、呆れたような視線を向けられる。

「ここまで下手ってことは、お姉様には才能がないのよ」

「ばっさり言うのね」

「だって誰かが言わないとだめかなって思うの。お姉様は淑女になる才能が皆無《かいむ》なのよ」

「二回も言わなくても、薄々そんな気はしてるわよ」

「なら、騎士をやめなければよかったのに」

ぴしゃりと言われ、ティナはうっと声を詰まらせる。

「ねえ、なんで騎士をやめてしまったの？」

「……自分は騎士に相応《ふさわ》しくないって痛感したからよ」

「やっぱり何か失敗したの？」

「失敗はしてないけどしそうだったからやめたの。色々あって、その、仕事に集中できない日が続いて」

「それ、原因は恋でしょ？」

ルルの声に、ティナは持っていた針を落としかける。慌てて摑み直したせいで指を刺してしまったが、動揺のあまり痛みも感じない。

「図星って顔ね」

「ち、違うわよ。ただ私は、馬鹿なことばかり考えたり、些細《ささい》なことで集中力を乱す己の未熟さを痛感して……」

「だからそれってつまり、好きな男性のことを考えたり意識しすぎて仕事が手につかなくなったからやめたってことでしょ」

察しのよさに啞然としていると、ルルが小馬鹿にしたような目でティナを見る。

「それくらい、誰にだってあることよ。お父様だって、お母様に出会った瞬間『運命の恋人を見つけた！』って確信して付きまとったっていうし」

「でもそのせいで仕事がおろそかになって、お父様は降格になったのよ？」

その情けない話は、我が家はもちろん騎士団でも語り継がれている笑い話である。

フィオーレ家の男は恋をすると一途になりすぎるらしく、父も祖父も恋で大きな失敗をいくつもした。あまりに失敗が多いため、『フィオーレ家の男は騎士として有能だが恋に弱いので注意せよ』というのが裏の家訓となっている有様である。

「その二の舞はいやだったの。親子二代で愚行を重ねるなんて恥ずかしいし」

「お姉様は女なんだから平気よ。それにね、恋に気を取られるのは誰にだってあることだわ」

「でも私は騎士なの。それに優秀で完璧なクレド隊長の副官なのに、たかが恋で心を乱すなんてあまりに情けないじゃない！」

自分の言葉で情けなさと怒りが募り、ティナは持っていた針をばきっと折る。

その様子を見ていたルルがさりげなく針を奪って捨てている間に、ティナは呻きながら顔を覆った。

「ともかく、私は騎士として失格なの」

「でも女として合格ってわけでもないじゃない」

「けどほら、ある日突然淑女の自覚が生まれて、胸も大きくなって、素敵な結婚相手も見つかるかもしれないじゃない」

我ながらなんて現実感がないのだろうと思っていると、ルルもまたしらけた顔をする。

「っていうか、お姉様は結婚したいの？」

ルルの質問に、ティナは「へ？」と間抜けな顔で固まる。

「たかが恋に戸惑ってるところを見ると、したいようには思えないんだけど」

「そ、そんなことはないわ。私だって一応恋に憧れはあるし、いつかは結婚だってしたいもの」

「でも、お父様みたいに運命の恋人を見つけたいわけじゃないんでしょ」

「騎士として失敗するのが嫌なだけで、恋人は欲しいわよ。デートとかもしてみたいし」

「本気？」

「ほ、本気よ。おめかしをして、好きな人に褒められたいって少しは思っているわ」

だからこそ、自分の似合わなさに泣きたくなるのである。

「私だって、せっかく結婚するなら運命の相手がいいって思うもの」

そこでクレドの顔が浮かんだが、もちろん見ないふりをした。

「まあ本気なら、ルルがお手伝いしてあげるから心配しないで。でも、どうにもならなかったら、騎士団に戻ってね」

「戻れって言うけど、私が家にいるのはそんなに嫌なの？」

尋ねれば、ルルは子供らしいふくれ面で視線を背ける。

「だって、お姉様が働いてくれないと、新しいドレスを買ってもらえないもの」

ここにきて急に子供っぽいことを言い出すルルに、ティナは思わず吹き出した。

「もしかして、私の稼《かせ》ぎがなくなることを心配してたの？」

「だってお父様はもう働いていないのに、うちは大家族でしょ？　家にはまだベルお姉様とリーゼお姉様もいるし、私は末っ子だからお金がなかったらドレスもアクセサリーもお下がりになっちゃう……」

大人びた物言いや振る舞いが多いルルだが、中身はまだまだ子供のようだ。

そこを可愛く思いながら、ティナはルルの頭をよしよしと撫でる。

「安心して。騎士団での稼ぎは貯めてあるし、退職金ももらったからルルが結婚するまでは今のまま暮らせるわよ。それにほら、私以外のお姉様はみんな玉の輿に乗っているし」

「じゃあ次のお茶会にも、新しいドレスで行ける？」

「もちろんよ。むしろ私が、とびっきり可愛いのを買ってあげる！」

途端にぱぁっと顔を輝かせるルルが可愛くて、つい抱き締めて頬《ほお》ずりしてしまう。

「じゃあ、もうちょっとおうちにいてもいいわ。レディになるレッスンも、ルルがつけてあげる」

上から目線も含め、ルルの愛くるしさにティナは「かわいい！」と叫びたくなる。

だがそのとき、まるで彼女の心を読んだように窓の外から「かわいいいいいいいい」というくぐもった声が響いた。

窓といってもここは二階、その上この部屋の中は表の通りから見えないはずである。

なのに声がしたということは、誰かが側の木に登っているに違いないと気づいた瞬間、ティナはドレスを翻し、太ももに括《くく》りつけていたナイフを抜いた。

「何者だ!!」

言うと同時に窓を開けてナイフを投げたが、手応えはなかった。

その後、更に二本のナイフを投げると、今度はそれを剣で弾く音が響く。

どうやら侵入者は手練れだと気づき、慌てて壁に立てかけられていた剣に手を伸ばそうとした直後、「待て!!」という情けない声が響く。

その声は、ティナにとってあまりに馴染《なじ》みがあるものだった。

「怪しい者じゃない！　俺だ！」

木の葉をかき分け身を乗り出してきた相手の姿を見て、ティナは思わず息を呑む。

「く、クレド隊長が、なぜここに!?」

「お、お前に用があってきた」

「用があるならなぜ玄関から入ってこないのですか！」

「……いや、あの、そのつもりだったんだが、お前の気配を感じてつい……」

「つい、で覗《のぞ》きますか普通？」

「出来心だったんだ。それにあの、会う前に顔を見ればちゃんと挨拶もできると思って」

あまりに突飛《とっぴ》な考えだが、昔からこの男は何かがずれている。

でも慌てる彼を見た瞬間、ティナの胸がきゅんと甘く疼く。

（ああまただ……。こんなに情けないのに、可愛いとか思ってしまった……）

いっそ幻滅できればいいのに、昔からティナはクレドのこの残念さが可愛く見えてしまうのだ。仕事ではわりと完璧なのに、ふとした瞬間挙動がおかしくなるのを見ると、ふくらみのない胸が甘く疼いてしまうのである。

そんな自分が情けなくて許せないのに、クレドがわざわざ訪ねてきてくれたことはやっぱり嬉しくて、結局ティナは窓から腕を差し出した。

「とりあえず入ってください」

「ま、窓からでいいのか？」

「いいですよもう。それに怪我《けが》をさせてないか確認もしたいので」

かつての上官に覗かれるとは思っていなかったので、かなり本気でナイフを投げてしまったのだ。特に一投目は顔の辺りに投げてしまった。凜々しい顔に傷でもつけていたらと少し焦る。

室内に入ってきたクレドを見分したところ傷はなかったが、そこでティナはあることに気づいて赤面する。

（なんか今日の隊長、すごくかっこいい）

木に登ったせいで衣服と髪は乱れていたが、仕立ての良い服とフロックコートに身を包んだ彼の姿はティナの目には新鮮に映る。

一緒に働いていた頃は、制服姿ばかりだったし、非番の日に見る私服も着古した軽装が多く、ずぼらな彼は無精ひげのまま過ごすことも多かった。

でも今日の彼はわざわざひげを剃り、髪もちゃんと整えてきたようだ。

(この人、黙ってるとものすごくカッコいいのよね)

などと失礼なことを考えながらクレドを見上げていると、彼もまたじっとティナを見下ろしていた。

彼の視線で今更自分がドレス姿であることに気づき、ティナは思わず真っ赤になる。

「わ、笑いたければ……」

「可愛い」

短く、しかしはっきりとクレドは言った。

「可愛い。可愛すぎるぞ。お前が可愛いすぎて、可愛い」

おかしな文法になっていたが、言葉にも注がれる視線にも熱がこもっている。どうやら冗談で言っているわけではないらしい。

「女性の髪は伸びるのが早いんだな！　長い髪も似合うし可愛いぞ！」

「ウ、ウィッグに決まってるでしょう！　女性のことを知らないにもほどがあります！」

ティナは思わず突っ込むが、クレドには聞こえていないらしい。

「ああ可愛い、可愛すぎる！　もしやお前は神が遣わした天使なのでは？」

ひたすら褒め続けるクレドに、ティナは更に真っ赤になる。

(お、落ち着け、隊長が私を可愛いって言うのはいつものことじゃない)

男だと思い込んでいた頃から、ことあるごとに「俺の可愛いティボルト」と連呼していたクレドである。

だから彼の可愛いという言葉にきっと他意はない。「おはよう」とか「おやすみ」的な挨拶と同じくらいの軽さしかないのだと、ティナは自分に言い聞かせる。

「私のことはいいですから、顔をよく見せてください。怪我はないですか？」

「ああ。だが、ナイフを避けるために持ってきた花束を落として駄目にしてしまった」

「花束？　この後誰かに渡す予定だったんですか」

「お前にだ。女性の家にお邪魔するときは花束を持っていけと弟に言われてな」

弟の指示だったとはいえ、自分のために花を買ってくれたことにティナは言いようのない喜びを覚える。

（こんなことなら、ナイフなんて投げるんじゃなかった……）

後悔しつつも、ただでさえ似合わないドレスを着ている上に花ひとつで喜ぶような女子感を出せば、さすがのクレドにも気味悪がられてしまう気がして表面上は冷静さを装う。

「花束を駄目にしてすみません。でもあの、身体に当たらなくてよかったです」

「だが危なかった。お前のナイフ捌《さば》きはさすがだな」

「恐れ入ります」

褒められたことに喜びつつ、ここもまた冷静に返す。

そうしていると、不意に側で「コホン」と小さな咳《せき》払いが響いた。

「ねえ、そろそろ私も仲間に入れてくださらない？」

そう言ったのは、成り行きを見守っていたルルだ。

大人びた口調と仕草でクレドを見つめるルルを見て、ティナはようやく我に返る。

「クレド隊長、彼女は私の妹のルルです」

ティナの言葉でクレドもまた我に返ったのか、髪と服の乱れを整えると小さなルルの側に膝《ひざ》をつく。

クレドは大柄なので膝をついてもまだルルの背より大きい。そのせいで怖がらせたらまずいと思ったのか、彼はわざわざ背を曲げ視線の高さをルルへと合わせた。

「挨拶が遅れてすまない。私はティボルトのかつての上官クレド＝ガルヴァーニだ」

大人の女性の前ではしどろもどろになるクレドだが、十二歳の少女相手だとおかしな挙動をせずにすむらしい。ルルの小さな手を握り、その指先に口づけする仕草は紳士の鑑で、ルルもうっとりと微笑んでいる。

「お噂《うわさ》は聞いているわ。とても強くて素敵な騎士様だそうね」

「それも全て君の姉上あってのことだ」

「あら、お世辞が上手いのね」

「お世辞なものか。家では見せないのかもしれないが、騎士団でのティボルトはとても立派で優秀な騎士なんだ」

優しく微笑み、クレドは柔らかな美声で告げる。

その横顔にうっかりときめいてしまい、ティナはさりげなく二人から視線を逸《そ》らした。

「だったらやっぱり、お姉様は騎士を続ければよかったのに」

「そうだな、俺もそうしてくれると嬉しいのだが……」

二人から声をかけられ、ティナは居心地の悪さを感じつつ腕を組む。

「と、殿方と違って女性の結婚適齢期は短いの。だから、長々と仕事ばかりしているわけにはいかないわ」

何とか言葉をひねり出したが、クレドは彼女の答えが不満らしい。

「でも今まで、結婚したいそぶりは一度も見せなかったじゃないか」

ゆっくりと立ち上がり、クレドがティナに近づく。しぶしぶ彼のほうへと視線を戻せば、酷く寂しげな顔がすぐ近くに迫っていた。

「でも、女の私が側にいると隊長は……」

「お前なら平気だ！　だから戻ってくれ！　お前は誰よりも優秀だったし、働きながらだって良い相手は見つかるだろう？」

「同僚のほとんどが私のことを男だと思っていた職場で、ですか？」

ティナの問いかけに、クレドが気まずそうに口を閉じる。

「誰かさんが私を男扱いし続けたせいで、私が女だって知っているのはガハラド小隊の人たちくらいでしたよ」

「じゃあ小隊で知らなかったのは俺だけか!?　なぜみんな言ってくれなかったんだ!!」

「言ってましたよ。でも『ティボルトを女扱いするのはやめろ、失礼だぞ！』ってはね除けたのは誰でしたっけ」

「……そういえば、そんなことを言った気もする」

「あまりに頑《かたく》なに信じているので、私を含めて誰もクレド隊長の思い込みを訂正する気にならなかったんですよ」

「だって、まさか女だなんて思わなかったんだ。女嫌いのこの俺が触れるし、抱き締められるし、一緒のベッドで寝たことも……」

「そっ、それ以上は言わないでください!!」

ルルのニヤニヤ笑いが気になって、ティナは慌ててクレドの言葉を遮る。まあ耳年増《みみどしま》なルルは、今の発言で既に何か誤解した気がしないでもないが。

「今後は剣を置き、女として生きていくつもりなんです。きっとすぐ結婚すると思うし」

「もう相手がいるのか!?」

急に肩を摑まれ、ティナは戸惑う。こんなにも必死なクレドを見たのは初めてだった。

「そ、それはまだですけど」

「でもそんなにすぐ見つかりそうなのか？」

「す、すぐかどうかは……」

実を言えば、すぐとは言いがたいのが実状だ。

母が率先して相手を探してくれているが、ティナの騎士としての活躍ぶりは方々《ほうぼう》に知られてしまっているため「いき遅れている上に夫より強い女はちょっと……」というのが周囲の反応らしい。とはいえそれを口にするのは恥ずかしくてもじもじしていると、空気を読まないルルがクレドのコートの裾を引いた。

「男らしすぎて縁談がこないから、お姉様は今レディになるお勉強中なの。でも、まったく上手くいってないのよ」

「ルル!!」

「隠したって仕方ないでしょ。このままじゃ、私のほうが先に結婚しちゃうわよ」

やれやれと肩をすくめる仕草にむっとしつつも、返す言葉が見つからない。

ルルのほうがよっぽど淑女らしい振る舞いを身につけているのは事実なのだ。

「ということで、しばらくは結婚できないと思うからクレド様は安心して」

「なんで私が結婚できないと隊長が安心するのよ」

「そういう機微《きび》がわからないうちは、まだまだね」

ルルの大人びた台詞の意味はやっぱりわからないが、馬鹿にされていることは何となくわかってむっとする。

そのまま何も言えないでいると、ルルがクレドに更に屈《かが》めというように手を振った。

それに気づいて膝をついたクレドに、何かこそこそと耳打ちするルル。そのやりとりに嫌な予感を抱いていると、クレドの顔がぱぁっと明るくなる。

「なるほど、それは名案だ」

「名案って、いったい何を吹き込まれたんですか？」

「実はその、なんというか……」

言いよどんだクレドの耳に、ルルが更に耳打ちをする。

それに頷き、彼は立ち上がるとティナの手を取った。

「協力を、したいと思ったのだ」

「協力？」

「そうだ。お前が立派な淑女になるには実践が一番だとルルは言っている。そして淑女になるには、紳士が側にいたほうがいいらしい」

「まさか紳士って……」

「六年も世話になったお前のためだ、謹《つつし》んで立候補しよう」

「嫌です！」

間髪容れず却下すれば、クレドの顔が悲しみに染まる。

あまりに切なげな表情に心が痛んだが、そもそも騎士団をやめた理由のひとつはクレドへの不毛な片思いを終わらせたかったからだ。

なのにこのままでは結局今までと同じである。

「クレド隊長は嫌です……」

「どこが嫌なのか具体的に言ってくれ。欠点があるなら、どんな部分でも直す」

「そ、そもそも隊長が女性と一緒にいて紳士になれたことがありますか？」

クレドは、黙り込んだ。

「そんな人と一緒にいて、立派な淑女になれるとは思いません」

我ながら酷いことを言っていると思ったが、いっそここで嫌われたほうが自分の望んだ距離を取れる気がして、ティナはあえて冷たい声を心がける。

予想通りクレドは傷ついた顔で項垂れた。

自分のせいだとわかっていても、落ち込む彼を見ていられずティナは視線を逸らす。

だがそのとき、二人のやりとりを見ていたルルが割り込んでくる。

「あのねお姉様、こういうお勉強は程度が低い者同士でしたほうが捗《はかど》るものなのよ？」

「ルル……あなたさりげなくクレド隊長のことも馬鹿にしたわね……」

「したわ。最初は格好いいかもって思ったけど、話してみるととっても駄目な大人だってすぐわかったもの」

ルルの言葉は事実ではあったが、あまりに辛辣である。

それを咎《とが》めようと思った直後、大真面目な顔でルルはティナに向かってビシッと指を突き出した。

「でもクレド様と同じくらい、お姉様の振る舞いは酷いしダメダメなのよ？　だから同じくらい駄目な二人で、切磋琢磨《せっさたくま》すべきだって私は思うわ！」

十二歳とは思えぬ理路整然とした主張に、返す言葉もないティナである。

「それに正直、お姉様と一緒の授業にはウンザリしていたの。お姉様がダメダメすぎて授業が全然進まないし、身につかないし、邪魔だなって思っていたの」

「邪魔は言い過ぎでしょ！」

「言い過ぎなものですか。お姉様と私ではレディとしての差がものすごくあるって、おわかりかしら？」

またしても真実すぎて、ティナは何も言えなかった。

「だからお姉様は、私とじゃなくて駄目なクレド様とお勉強すべきだと思うわ。もちろんためになるアドバイスは、ルルがいっぱいしてあげるから」

ね？　と微笑むルルの可愛らしい仕草に、ティナは怒るに怒れない。

（それに、反論できる余地がひとつもない……）

頭を抱えていると、その隙を突くようにクレドがティナの手をガシッと摑んだ。

「やはり、お前の相手は俺しかいないだろう」

「いやでもそれは……」

「男としての程度の低さには自信がある！　だから残念な男女同士、頑張ろう！」

「く、クレド隊長と同程度ってさすがになんか悔《くや》しいです」

「悔しくても現実を受け入れろ。それにお前が相手をしてくれると、俺もすごく助かるんだ」

クレドは真剣な顔でティナを見つめながら、今度は彼女の前で膝をつく。

「実を言うと、その、俺もそろそろ結婚をしろと家の者にせっつかれていてな……。だが俺の女嫌いは相変わらずだし、お前が言うとおり紳士らしい振る舞いもできない」

だから……と、縋るように彼はティナの手を更に強く握った。

「女性への振る舞い方を、お前で練習をさせてほしいんだ。俺はお前以外の女性には触れないし、このままでは結婚相手が見つかっても逃げられるのがオチだ」

どうか頼むと告げる声は真剣で、嫌だという一言がどうしても出てこない。

正直、クレドもまた結婚を考えていたという話はショックだった。このままでは自分よりも先に彼のほうが結婚してしまうのではという、不安もよぎる。

でも一方で、もしそれが事実なら彼とこうして二人で過ごせる時間はもう長くない。

その時間を上官と部下ではなく、男と女として過ごせるかもしれないと思うと、心がぐらりと揺れる。

(それに今はもう部下じゃない……。だから、クレド隊長のことを意識しすぎても問題はないわよね……)

それで誰が死ぬわけでもないし、彼が望んでいるならもう少しだけ側にいてもいいのかもしれないと心が揺れる。

そんなティナの心情を察したように、ルルが更にぐっと身を乗り出した。

「お姉様の苦手な歩行訓練やダンスの練習だって、クレド様としたほうが絶対捗るわ。それにお姉様も男の人を前にするとものすごく身構えてすぐ粗相《そそう》するじゃない。だから一緒に過ごして慣れておくべきよ」

ルルとクレド、二人がかりで逃げ道を塞がれてしまえば、もはや抵抗は無意味だろう。

「ティボルト……いや、ティナ」

初めてクレドにそう呼ばれ、ティナの胸が甘く疼く。

「ティナの手で、俺を男にしてくれ」

頼むと告げるクレドの真剣な眼差しに、ティナはドキリとする。

(男にしろって、まさか〝あのとき〟のことを覚えているわけじゃないわよね?)

戸惑い黙り込んだティナに、クレドは更に熱い視線を向ける。

「俺を、女性と手を繋《つな》げる男にしてくれ!!」

重ねられた言葉はどこまでも情けなく、三十を超えた男が立てる目標がそれかと呆れたくもなる。

(うん、〝あのとき〟のことは絶対覚えてない……)

だが情けないからこそ安心するし、クレドを放っておけなくなってしまうのだ。

「わ、私でいいなら……訓練に付き合ってもいいです」

「ティナがいいんだ」

力強い一言に跳ねる胸をこっそり押さえつつ、ティナは結局ルルとクレドの提案に乗る羽目になったのだった。

第二章

ティナは女らしさを、クレドは男らしさを。

共に学ぼうと決めた二人は、ルルの命令でできるだけ一緒に過ごすことを強要された。

婚前の男女、それも付き合っているわけでもない二人が一緒に過ごしたり出かけたりするのはどうかと思ったが、ティナとクレドの仲の良さはもはや国中に知れ渡っている。

それにクレドはティナの父親とも懇意《こんい》にしており、ルルのとんでもない提案を聞かされても「修行というのは仲間がいたほうが捗るからな！」と父は笑うばかりだった。

母親に至っては「あなたにだってデートができると、女性らしく異性と過ごせるのだと世間に知らしめる絶好の機会よ」などとティナにそっと耳打ちするほどである。

ガハラド小隊の隊長であり、ガルヴァーニ伯爵家の当主であるクレドと出かけていることが広まれば、女として箔《はく》がつくと思ったのだろう。

身分に差があるせいもあるとは思うが、誰一人クレドとティナが男女の仲になると思っていない雰囲気が正直ティナは複雑だった。

なんだかんだ、家族もまだティナを男の子扱いしており『クレドという兄貴に面倒を見てもらえてよかったね！』という認識なのだろう。

故に誰に反対されることもなく、二人はルルの元で修行に励むことになったのである。

「まずはそれぞれが異性に慣れることが重要だわ！　だからまずはデート、デートをしましょう！」

ルルの提案は少々子供っぽすぎる気がしたが、彼女よりレディとして劣っている自覚があるティナに拒否権はない。

それに正直、クレドとのデートは彼女の長年の夢であったため拒否できなかった。

騎士団時代は朝から晩まで一緒だったし、二人きりで出かけたことは何度もある。

けれどそれは男同士としてだ。叶うならいつか、恋人のように出かけてみたいとティナはこっそり想い続けてきたのである。

（でもまさか、こんな形で夢が叶うなんて……）

ルルの見立ててくれたドレスを纏い、短すぎる髪をウィッグで整え、念のためにと太ももに銃を括りつけながら、彼女はついにやけてしまう。

（いやでも、これは訓練……いや修行のためなのよ。遊びじゃないんだから）

だらしなく緩む頬を抑え、ティナは戦いにおもむく騎士の様相を作る。

そうこうしていると、聞き覚えのある馬のいななきが窓の外から聞こえて、ティナははっと顔を上げた。

急いで玄関から外へと向かうと、力強い蹄《ひづめ》の音を響かせながらクレドが馬に乗ってこちらへとやってくる。

「フィリップ!!」

ティナは玄関を飛び出し、クレドが乗る馬めがけて駆け寄った。

心なしか嬉しそうに見えるクレドの愛馬を抱き締めようと腕を大きく広げたが、その瞬間何かがティナのドレスの裾をガシッと摑む。

「フィリップって誰!!」

つんのめりそうになりながら振り返れば、そこに立っていたのはルルである。

「フィリップはクレド隊長の愛馬なの。私がずっと世話をしていたから、すっごく懐いてくれているのよ」

「だとしても、殿方を差し置いて馬の名前を呼ぶレディがいると思う？」

指摘され、ティナははっとする。

「そうよね。出迎えのときから戦いは始まっているのよね」

「お姉様、これは戦いじゃなくてデートよ」

律儀にツッコみながら、ルルがドレスの裾を手放す。

それから彼女はティナの前で馬を止めたクレドをしかめ面で見上げた。

「クレド様もクレド様です！　デートなのに、ものすごくゴツくて鼻息の荒い馬でレディを迎えに来るなんて！」

「いやしかし、フィリップもティナに会いたがっていたし」

「女性を迎えに来るなら馬車です！　どうしても馬しかない場合は、せめて白馬です！」

十二歳児から本気で説教をされ、しゅんとするクレド。

その様子におかしさを感じながら、ティナもまた少し反省した。

（これはクレド隊長の修行でもあるんだから、私がちゃんとしないとだめよね）

さっきの行いはレディとしてあるまじきものだったと反省し、ティナは改めて背筋を伸ばす。

「この二人本当に大丈夫かしら……」

ルルは不安そうだが、クレドとティナはほぼ同時に「大丈夫だ」と声を重ねた。心なしか、気合いを入れたときの表情も似ている二人である。

「その息ぴったりなところが逆に心配なんだけど」

「本当に大丈夫よ。ほら、昨日の夜にルルが作ってくれたデートの指南書もあるし」

「指南書がないとデートもできないのが問題だって、わかってる？」

「わかってるわよ。未熟な自覚はあるし、ここからは挽回してみせる」

拳を握り締めながら宣言すると、いきなり「レディはそんなことしません」と怒られた。

だが一応、ティナのやる気だけは伝わったらしい。

「まあ、とりあえず頑張って。あと、ちゃんと最後の項目までやるのよ？」

「最後の項目ってなんだったかしら」

気になって指南書を開き、ティナはすぐさま無言でパタンと閉じた。

「見なかったふり、しちゃ駄目だからね」

「こ、これは無理よ」

クレドに聞かれないよう小声で主張したが、ルルは無視してクレドを見上げる。

「クレド様も、お姉様をよろしくお願いします」

「ああ、しっかりとエスコートしてみせる」

クレドはそう宣言し、紳士らしくティナにそっと手を差し出す。

「とりあえず、今日はフィリップで我慢してくれるか？」

「ええ」

頷き、それからティナはそっと声をひそめる。

「ルルには怒られてしまったけれど、フィリップに会えて嬉しかったです」

ありがとうと耳元で囁《ささや》けば、クレドがなぜか「うっ」と呻きながら胸を押さえた。

その様子を見て、ティナは自分がドレス姿であったことを思い出す。

「ごめんなさい、近づきすぎましたよね」

「いや、違う。……大丈夫だから、むしろもっと近づいてほしい」

「でも……」

「女は苦手だが、ティナなら大丈夫だ。だから今日はずっと側にいてくれ」

頼むと懇願する声はいつもより甘く響いて、ティナは落ち着かない気持ちになる。

（こんな声を側で聞いていたら、腰が抜けてしまいそう……）

だがこれは二人のための修行なのだ。自分はしっかりせねばと気持ちを新たにし、ティナはクレドの手をそっと摑んだ。

そんな様子をルルはどこか心配そうに眺めていたが、二人が馬に跨《また》がるやいなや「体勢がなっていない！」と細かいダメ出しをし始めた。

おかげで格好だけは紳士淑女に見えるようになり、二人は何とか初めてのデートに出かけることになったが、その道中すらティナにとっては緊張の連続だった。

クレドに腰を抱き支えられながらの乗馬はなんだかドキドキして、久々にフィリップに乗れたというのにちっとも楽しむことができない。

「やっぱり、馬車のほうがよかったか？」

ティナの身体が強張っていることに気づいたのか、クレドが耳元で心配そうに囁く。

「大丈夫です。ただドレスでの乗馬は初めてですし、横向きで乗るのにも慣れなくて」

「落ちないように支えているから、もっと俺に身を預けろ」

そんなことをしたら身が持たないと思ったが、そこでフィリップが身体を大きく震わせたせいで、ティナの身体は自然と傾きクレドの胸に密着する体勢になってしまう。

「フィリップもそのほうがいいと言ってるようだぞ？」

「た、たまたまでしょう」

「こいつは賢いからな。俺たちのために一役買おうとしてくれているのかもしれない」

「ルルといいフィリップといい、私たちの周りにはお節介《せっかい》が多いですね」

「それを言えば一番お節介なのはお前だろう。昔から、誰よりも俺の面倒をよく見てくれたじゃないか」

「それは、隊長が色々な意味で放っておけなかったからですよ」

女は苦手だし、社交性も低いし、抜けているところも多いし、クレドの世話を焼いていた理由はたくさんある。

(でもやっぱり一番の理由は、好きだったから……なのよね)

そもそも、ティナにとってクレドは憧れの存在だった。その気性の荒さから野獣騎士と呼ばれつつも、彼が立てた武勲の数々を騎士である父と祖父から聞いていたティナは、ずっとクレドに憧れていたのだ。

父たちの話は「あれでカッとなるのがなければ騎士団長にもなれるのに」という愚痴《ぐち》でもあったが、語られる功績はどれも常人にはなしえないものばかりで、クレドの活躍を聞くたび幼いティナは心を躍《おど》らせたものだ。

暴れすぎて戦場が血の海になった……などなど少々残酷な結果になることが多いとはいえ、クレドはいつも仲間や民を助けるために危険に飛び込んでいく。

そこに躊躇いはなく、機転とすさまじい剣の腕で人々の窮地を救う姿はティナが憧れる騎士の姿そのものだった。

だからクレドを教官にしてほしいと自ら願い出たし、彼と共に騎士としての修行に明け暮れた日々は本当に幸せだった。

もちろん野獣と呼ばれる一面を見たときは恐ろしかったけれど、ティナの言葉で落ち着く彼を見た瞬間「この人はやっぱり恐ろしい人じゃない」と確信した。

そもそも普段のクレドは野獣とはまったくかけ離れた穏やかで暢気《のんき》な性格だし、訓練には厳しいがそれが終われば他のどの教官より若い騎士たちを労《いたわ》りねぎらってくれるのだ。

小柄で力が弱いティナにも手加減することなく稽古《けいこ》をつけてくれたし、その体格を引け目に感じていると知ると、剣と銃を用《もち》いたティナ独自の戦闘方法を一緒に考えてくれたのも彼だった。

当時はまだ高価だった最新式の六連発銃を自腹で購入し、ティナにと贈ってくれたときの喜びは今も忘れない。

『銃は剣以上に容易く人を殺《あや》める道具だ。だがティボルトならこれを使いこなし、人を助けるために使えると思う』

そう言って銃を渡されたとき、ティナはクレドからの信頼を感じて本当に嬉しかった。

その期待に応えるべく練習を重ね、誰よりも早く的確に銃を扱うことができるようになった今でも、彼はティナの目標であり、最も信頼できる相棒でもあった。

だからこそ、ティナは彼の世話を焼いてきた。

（きっと自分が男だったら、ずっと側にいられたんだろうな）

騎士の仕事だってやめたいわけではなかったし、彼の活躍を一番近くで見られることは、ティナにとって何よりの幸せだった。

だが近すぎるからこそ、ティナは日に日に彼を意識しすぎるようになってしまった。それが心だけならよかったが、ある日を境にそれは身体にまで及ぶようになってしまった。

でもクレドは家柄も良く王の覚えもめでたい雲の上の人で、少年騎士ティボルトならともかく、男爵令嬢であるティナの手が届く相手ではない。

けれど少年騎士として振る舞うことも、ティナはもうできない。

見かけは女らしくなくとも彼女の身体は女で、クレドの側にいると、心だけでなく身体まで時折おかしくなってしまう。

そして男ばかりの中で過ごしてきて、好意を抱く男と女の情事についてさんざん聞かされてきたティナは、自分の反応がいかにはしたないことかもわかっている。

一緒に馬に乗るだけで呼吸も脈拍も乱すような者が、騎士の務めを果たせるわけがない。

完璧主義者のティナはそんな考えに取り憑かれ、結局騎士をやめたのだ。

(こんな私じゃ男の子になれない。でも、男の子じゃなきゃクレド隊長の側にはいられない)

かといって彼に見初められるような淑女にはなれないとわかっているから、ティナは最後まで世話焼きな部下のままでいようと決める。

(だから世話を焼くのも、これが最後)

そのためにも彼を意識しないようにしようと考えながら、ティナはドレスの下に隠された腹筋を駆使して、クレドに近づきすぎない体勢を編み出そうと必死になっていた。

◇◇◇

「よし、着いたぞ！　ここが目的地だ！」

デートというよりも遠征先に着いたような調子で、クレドがティナを馬から下ろしたのは、首都の郊外にある小さな村である。

そこは昔から鉄の加工技術に優れた技術者が集まり、特に武器作りで有名なのだ。騎士団時代はティナも剣や銃をあつらえるために何度か訪れたことがあり、懐かしさを覚える場所ではあるが、作業場から響く鉄を叩く音や空を覆う黒々とした煙を見たティナは、頭を抱えたくなる。

（どうしよう、ここは絶対デートで来る場所じゃないわ）

クレドの目はキラキラと輝いているが、たぶん何かが間違っている。ルルの指南書を読まずとも、それだけはわかる。

「あの、この村には何をしに来たんですか？」

「むろんデートだ」

「デートなのはわかりますが、具体的に何をしに？」

恐る恐る尋ねるティナとは対照的に、クレドはよくぞ聞いてくれたという顔である。

「最新式の銃が組み上がったと馴染みの武器屋から連絡をもらってな。非常に軽くて扱いやすく、性能もいいという評判なんだ」

クレドの話を聞いた途端、撃ってみたいという欲求がティナの心に湧き上がる。

それを察したように、クレドがにっこりと笑った。

「撃ちたいって顔だな」

「そ、それは……」

「隠すな隠すな。お前は昔から、新しい銃が出るたび『試し撃ちしましょう』と俺を誘ったじゃないか」

「アレは仕事だからです。撃ちたい気持ちは否定しませんが、これはデートですよ」

「だから来たんだ。女の子が喜ぶことをするのがデートだろう」

「普通の女の子は、銃を撃って喜んだりしないんです！」

ティナの言葉に、クレドは本気で驚いた顔をする。

「お前がいつも喜んでいたから、みんな好きなのかと……」

「喜ぶのは私だけですし、それくらい普通気づくでしょう」

「女性が苦手すぎて、側に来られるだけで思考も呼吸も停止する男だぞ俺は！　気づくわけがないだろう！」

「そんな情けない開き直りをしないでください！」

「だって本当によくわからないんだ！　女性の生態も、好みも、何ひとつ！」

「兵法には詳しいくせに、どうしてそんな当たり前のことがわからないんですか……？　あっ、もしや実は男が好きとかです……？」

途端に、クレドが慌てて首を横に振る。

「ちゃんと女が好きだ！　好きだが苦手なんだ！」

「つまり、発情はするけど触れない的な感じです？」

「まあ、そういう感じに近いな……」

乙女のように顔を赤くしながら、クレドがうつむき気味にこぼす。

（でも確かに、女性に対する性欲はちゃんとあるっぽいのよね……。だからこそ、逆に意識しすぎている感じだし……）

そんなことを思いながら、ティナはふと考え込む。

「前々から気になってましたけど、どうしてそこまで女性が苦手なんですか？」

「昔から、女性が怖い」

「それは見てわかります。私が聞きたいのは、なぜそこまで怖がるようになったかです」

この質問はこれまでに何度かしてきたが、そのたびクレドは言いづらそうに黙り込むばかりだった。

案の定今回も彼は黙り込んでしまうが、今日ばかりは簡単に引くわけにはいかない。

「理由を知って、そこを克服しないと、一生そのままですよ」

ティナの指摘に、クレドはチラリとティナを窺う。

気まずそうな顔だが、少し悩んだ後、彼はおずおずと口を開いた。

「明確な理由は、わからないんだ。実を言うと、俺は子供の頃の記憶があまりなくてな」

「それってつまり、記憶喪失ってことですか？」

初めて聞く話に、ティナは驚く。

「子供の頃の記憶が少し抜けている程度だがな」

「もしかして覚えていない時期に何かきっかけが……？」

「あったんだと思う。でも原因がわからないなりに、克服しようとは思ったんだ」

怖がり方が異常なので、周りからも直すようにと言われたのだと、クレドは告げる。

「だがパニックになるばかりだし、恐怖が勝ると意識が飛んで気性が荒くなるだろう？そうこうしているうちに野獣だと呼ばれるようになり、以来目が合っただけで叫ばれたり泣かれたりしていたから、近づくのが嫌になってしまった」

その話が本当なら、女嫌いに拍車がかかるのも無理はない。

「とにかく怖いんだ。あと触ったら壊れてしまいそうなところとか、涙が怖い」

「前から、泣かれるのが嫌だってよく言っていましたね」

「ああ。だから自分が何かして、泣かせてしまうのではと思うだけで胸が詰まるし息もできなくなる……」

状況を思い出しただけで辛いのか、クレドの顔色が見る間に悪くなる。

ティナが思わず背中をさすると、彼は申し訳なさそうな顔で項垂れた。

「自分でも情けないとは思っているんだ。でも俺を前にしても絶対に泣かないとわかっているティナが相手でないと、こんな有様で……」

告げるクレドの表情は本当に辛そうで、無理やり言葉を引き出してしまったことをティナは後悔する。

「すみません、そこまで深刻だと思っていなかったので安易に踏み込みすぎました。正直、童貞をこじらせたせいで女と話すのが恥ずかしいとかその程度のことかと」

「まあそれも、たぶんちょっとある」

「……あるんですねやっぱり」

「でも一番は、泣かれるのが怖いんだ」

「今のクレド隊長なら、むしろみんな笑顔で近づいてきますよ？」

「その笑顔が泣き顔に変わるんじゃないかと思っただけで怖いんだ」

だからティナしかダメなんだと言いながら、クレドは往来にもかかわらず縋るようにティナを抱き寄せる。

突然のことに驚きつつも、こうして縋りついてくるのは彼が本気で落ち込んでいるときだとわかっているので無下にできない。

「こんな俺は、嫌いか？」

その上震える声でそんなことまで尋ねてくるものだから、離れろと突き放すことなどできはしない。

「嫌いだったらこうして付き合っていませんよ」

クレドの不安を取り除きたくて、ティナは優しく告げる。

「だからまず、女性への苦手意識を克服して、相手を泣かせないデートのやり方を学んでいきましょう。女性がどうすれば喜ぶか、どこに行けば笑顔になるかがわかれば不安も心配もなくなるでしょう？」

元気づけるようにクレドの頬を軽くつねり、ティナは笑う。

するとわかりやすく、クレドの表情がほぐれ始めた。

「隊長は、女性への対応を除けばなんでもできる格好いい男なんです。苦手意識をなくしてちゃんと勉強すれば、どんな女性でも落とせるようになりますよ」

「……たとえば、お前でも？」

「私はとっくに隊長に夢中ですよ、そうじゃなきゃ六年も部下なんてやってません」

クレドの問いかけに驚きつつも、他意はないと思ったティナは、あえて明るい声で言い放つ。するとクレドの顔には笑顔が浮かび、浮かない顔は消え去る。

元に戻ったクレドを見てほっとしてから、ティナは村はずれにある食事処を指さした。

「川沿いにあるレストランに行きましょう。あそこは商談に使う店だから綺麗だし、デートっぽい雰囲気になれるかも」

「やはりデートでは、レストランで食事をするのが鉄板なのか？」

「ええ。できる限り女性が好みそうな静かで落ち着いたお店がいいと思います。酒場とかは絶対ダメです」

「待て、メモする」

そう言って、仕事用の手帳を取り出すクレドに苦笑しつつ、どういう店やメニューが女性に好まれるかをティナは伝える。

と言っても、それは全てルルの指南書に書いてあることだ。

(なんかこうして口にしてみると、私が好きなものと普通の女の子が好きなものって全然違うのね……)

ルルの指南書にはデザートが美味しい店が女の子に受けるとあるが、ティナは甘い物は苦手だ。

むしろクレドのほうが大好きで、レストランに行くたびデザートは彼に渡してしまう。

逆にティナは肉料理を好み、クレドの皿から分けてもらうほどの大食いなのだ。

(私も、そういうところを直していかなきゃダメよね……)

肉に喜ぶのではなく、デザートに頬を緩ませるような女にならねば婚期を逃し続けるに違いない。その練習のためにもと、ティナはクレドと連れ立ってレストランへと入る。

小さな村だが、武器を求めて古今東西から商人がやってくるため、宿泊施設やこの手のレストランの数が多く、値段もピンキリだ。

二人が入ったレストランは中の上といったレベルだが、練習になりそうなコース料理を提供してくれる。

「食事が出るまでは、どういう会話をすればいいんだろうか」

「あ、たしか指南書にそれも書いてありましたよ。『男性はとにかく女性を褒め、喜ばせる言葉を口にする。女性はそれに笑顔で受け答えする。雰囲気がよければさりげなく手を握るなどスキンシップをはかるのもあり』だそうです」

「め、メモすることが多い！」

「これくらいメモせず覚えてくださいよ。お世辞を言って笑って手を握るだけでしょ、つまり」

「お世辞を言って笑って手が握れれば、ティナに面倒をかけていない」

確かにそうだなと、妙に納得してしまう。

「とにかく褒めればいいんですよ。髪や瞳の色や、後は『綺麗な肌ですね』とか『その服素敵ですね』とか微笑みながら言えばいいんですよ」

「待て、どうしてそんなにポンポン思いつくんだ」

「だってみんなと酒場に行って女を引っかける係、自分でしたもん」

クレドがいるとやらないが、他の同僚と飲みに行くと、「一番年下がナンパしてこい」と言われることはよくあった。

「あいつら、お前にそんなことをさせていたのか！」

「結構上手いんですよ私。年下に見られやすいし、『おねえさん、僕たちと一緒に飲みましょうよ〜』って下から甘えた声を出すとコロッと落ちます」

「……確かに、今のはものすごく可愛かった。もう一回やってくれ！」

「隊長じゃ同じ手は使えませんよ」

だから今のは手本にしないでくださいと、ティナは苦笑する。

「隊長は目元が凜々しくて瞳の色も印象的だから、微笑みながらまずじっと見るのがいいと思います」

「じ、じっとか……」

「いや、そんな人を殺しそうな顔じゃなくてもっと力を抜いてください。例えばほら、目の前に自分だけの運命の恋人がいるのを想像してみてください」

「運命の恋人？」

首をかしげられ、そこでティナは頷く。

「誰よりも大切で、一生添い遂げたいと思う相手をそう呼ぶんだって父が言ってたんです。まあつまり母のことなんですけど、彼女に向ける父の眼差しは、それはもう優しくてまさしく女殺しって感じなんですよね」

異性から、あんな目で見つめられて落ちない女はいないだろうなと、娘のティナでさえ思う眼差しなのだ。そしていくつになっても甘い雰囲気を醸し出す二人だから、未だに仲も良いのだろう。

「誰よりも大切で、一生添い遂げたい相手……か」

ティナを見つめたまま、そこでふわりとクレドの表情が和らぐ。

彼が浮かべた表情は息を呑むほど優しいもので、今度はティナが戸惑う番だった。

（どうしよう、隊長の本気の笑顔……甘く見てた……）

目が合うだけで息が苦しくなり、慌てて手元に視線を縫い付ける。

「こ、これでもダメだったか？」

「い、いえ、今ので大丈夫です」

「だが思いきり顔を逸らしただろう」

「か、かっこよかったからですよ。その顔なら泣き出す女の子なんていませんよ絶対」

「じゃあこの顔で、手を握ればいいのか？」

「そうですね、そうすれば――」

いいんじゃないですかという声は、出せなかった。

なぜならクレドが優しくティナの手を握り、そこでもう一度あの甘い眼差しを向けてきたからである。

「照れると真っ赤になるティナは、すごく可愛いな」

「な、何を言い出すんですか！」

「お前が相手を褒めろと言ったんだろ。あとはそうだな、ティナの髪が俺は好きだ」

ウィッグの隙間から覗く短い金の髪を指先で絡ませ微笑むクレドに、ティナは思わずうっと息を詰まらせる。

(本気にしてどうするの！　これは練習で、ただのお世辞で……とにかく本気でときめいてる場合じゃないでしょ！)

机の下に隠した左手で自分の太ももをつねりながら、ティナは何とか自分を取り戻す。

「……い、いいんじゃないでしょうか」

「本当か？　デートっぽかったか？」

「ええ。その調子で頑張ってください」

「じゃあ次は、お前の頬に触れながら褒めてもいいか？」

「も、もう褒めるのは十分です。合格です」

「でもティナの練習がまだだろう。赤くなるばかりで、ちっとも笑っていないぞ」

「は、恥じらうようにうつむくのもアリなのでいいんです！」

とっさのでっち上げだったが、クレドは残念そうにしながらも最後は納得したらしい。

「でもそうだな、恥じらう顔も可愛らしくて悪くないと思う」

「……だからもう、褒めなくていいです」

「その顔が可愛いからもっと褒めたい」

「褒めるのは、もう、禁止です！」

クレドの視線と腕から逃れるようと身体を引けば、彼はしぶしぶ引き下がる。

(ふと思ったけど、この人、実はそうとうなたらしなんじゃないかしら……)

男だと思っていたとはいえ、騎士団時代からクレドはよくティナを褒めて甘やかしていた。男同士のスキンシップだからと受け流せていたけれど、可愛いと言いながら頬や髪を触れられたり、ティナが落ち込んでいると抱き寄せて頭に優しいキスをされたことを思い出すと今更顔から火が出そうだった。

(女性への苦手意識がなくなれば、あっという間に恋人ができそうね)

あの瞳に見つめられて、恋に落ちない女がいないわけがない。これまでだって、あれほど顔面が崩壊していても女性たちは彼に近づいていたのだ。

(きっと隊長の恋人になる人は、常に愛想がよくて、褒め言葉にも可愛く対応できる人なんだろうな……)

間違っても照れて目を逸らしたり、何も言えなくなってしまう可愛げのない女ではないだろう。そう思うと胸の中が苦しくなったが、運ばれてきた料理のおかげで情けない顔や言葉を表には出さずにすんだ。

だが正直、指南書の内容を反芻《はんすう》しながらの食事はなかなかに大変で、ちっとも食べた気がしなかった。

立派な淑女になるにはナイフやフォークの持ち方はもちろん、食べるときの口の大きさや、食事中に話しかけられたときの受け答えや、口を拭うときの顔の角度まで心得なければならないらしい。

長いこと男のように振る舞い、作法を気にしてこなかったティナにとって細かなしきたりは本当に苦痛だった。

(街のレストランだから多少粗相をしても許されるけど、これが社交の場だったらきっと笑われていたんでしょうね……)

　好きでもないデザートを口に入れながら、ティナはため息を重ねる。

　頼んだのは甘さを抑えたプディングだが、口に入れた瞬間思わず顔が強張る。

　本当はもっと美味しそうに食べなければいけないのに、唇が震えそうになった自分にティナはますます落ち込んだ。

(甘い物を食べて微笑めない女のところにいい男は来ないって、ルルに言われたのに)

　このままではいけないと一気にプディングを飲み込んだが、やっぱり可愛らしい微笑みなんて向けられそうにない。そのことに更に凹みかけていたとき、不意にクレドの大きな手がティナの頭をクシャリと撫でる。

「苦手なものもちゃんと食べて、お前は本当に偉いな」

　撫で方も、言葉も完全に子供扱いだが、落ち込んでいたティナの心にクレドの気遣いは染みた。

「私なんて、全然……」

「どこが全然なんだ。苦手なプディングも全部食べたし、今まで手づかみで食べていたチキンローストだって綺麗に切り分けていたろ?」

「でも、それは誰でも普通にできることで……」

「お前にとっての普通ではなかったのだから、すごいことだ。男ばかりの騎士団でずっと暮らしていて、急にこれをやれと言われても普通は無理だ」

だから誇れと笑うクレドの言葉に、うっかり喜んでしまう単純な自分に、ティナは少し呆れる。

「クレド隊長は、褒めるのが本当に上手いですね」

「昔、褒める練習をしたからな」

得意げに言うクレドに、ティナは思わず苦笑する。

「褒めるのに練習がいるんですか？」

「部下に嫌われない秘訣は、叱るのではなく褒めることだと本で読んでな。特に昔の俺は口調も表情もきつかったし、大事な部下が離れていかないように一人でこっそり褒める練習をした」

大事な部下と言いながら、ティナを見るクレドの目が優しく細められる。

「あの、大事な部下ってまさか……」

「効果、あっただろ？」

自分だと思うとなんだか気恥ずかしかったが、ティナは何とか頷く。

「そうですね。隊長に褒められると、いつも嬉しかったです」

「俺も、お前が嬉しそうにしてくれるのを見るのが好きだった」

実際出来も良かったし褒めがいもあったと、付け加えられた言葉が更に嬉しくて、ティナは思わず顔を綻ばせてしまう。

（そうだ、今度から苦手なものを食べるときは隊長に褒められたときのことを考えよう）

昔から、ティナはクレドに褒めてもらいたくて、どんな訓練も仕事も頑張ることができた。作法だって、同じ要領で頑張ればきっと上手くできる気がする。

「だから今日も、お前が笑顔になれるご褒美をあげたいんだがかまわないか？」

「ご褒美？」

「何の見返りもなく努力だけ続けるのはしんどいだろう？　だからこの後、一緒に銃を見に行こう」

「で、でも、それは普通のデートじゃ……」

「けど、ティナはそういうデートのほうが好きだろ？」

見抜かれていたことは恥ずかしいけれど、それ以上に彼の気遣いがティナは嬉しい。

「食事も頑張ったしプディングも食べたんだ。少しくらい銃を撃ってもかまわないだろ」

「か、かまわないんですかね」

「ああ。でもお前の妹には内緒にしよう」

二人だけの秘密だと微笑まれてしまえば、ティナは嫌とは言えなかった。

◇◇◇

「……なんか、二人から火薬みたいな匂いがするのは気のせい？」

察しのいいルルに出迎えられながら、二人がティナの家に戻ったのは夕刻のことだった。鼻をヒクつかせる妹に、ティナとクレドは冷や汗をかきながら視線を逸らす。

その様子に何か察したのか、ルルは大人びた仕草でやれやれと肩をすくめた。

「まあいいわ。初日から、ちゃんとできるとは思っていなかったもの」

「しかし、君の姉上は頑張っていたぞ。ルルの指南書をよく読み、俺にも色々とアドバイスをくれた」

「でも最後のアドバイスは、無視してるみたいよ？」

そこでにやりと笑うルルにクレドは首をかしげ、ティナは気まずそうに視線をさまよわせる。

最後のアドバイスに、実は心当たりがあったからである。

「見落としたとは言わせないわよ。私、わざわざ赤いインクで書いたんだから」

「いや、あの、見えなかった……わよ？」

「見えなくてもあったはずよ。殿方に家に送ってもらったら、上目遣いでお礼を言ってキスをするって大きな文字で書いたもの」

ルルの言葉にティナが息を呑めば、隣のクレドもまた呼吸の仕方を忘れたかのような顔で口をパクパクと動かしている。

「き、キスだなんて無理よ。ああいうのは、恋人同士が……」

「お姉様の考え方っておばあちゃんみたいね。今は、恋人じゃなくても手を繋ぐしキスもするしアレもするそうよ」

「あ、アレって、なんてこと言うのよ！　あなたまだ十二歳でしょ！」

「アレが何かは誰も教えてくれないから知らないけど、慌てるほどすごいことなのね」

「そ、それは……」

「そんなすごいことに比べたら、キスなんて些細なことでしょ？　私だって、クラウスやチャックやベンや、よく知らない男の子ともするわよ」

ティナとは正反対のルルは十二歳にして既にモテモテで、母と共に社交の場に行くと同い年の少年たちから声をかけられまくっているらしいという話は聞いていたが、どうやら思っていた以上のようだ。

「し、知らない子とキスするなんて……」

「だから普通なのよ。十二歳同士でも普通なんだから、お姉様とクレド様がしても何の問題もないわ」

そう言ってにっこり微笑むルルは、さっさとやれと暗に言っている。

まだ子供のルルにそこまで言われてしまうと嫌だと駄々をこねるわけにもいかず、ティナはそっとクレドを窺う。

「き……きす……きす……きす……」

一方クレドのほうもルルの命令は衝撃的だったらしい。虚空を見つめ、彼は何やらブツブツ呟《つぶや》いている。

「言っておくけど、するのは唇よ」

ルルが付け加えると、クレドが「うっ」と胸を押さえながら完全に動きを止めた。

(なんだか、クレド隊長すごく嫌そう……。酔った勢いでキスされたこともあったけど、アレはやっぱり男だと思っていたからなのね……)

だが女とわかった今は、ティナ相手でも怖くて仕方がないに違いない。むしろやりたくないと思っているだろうし、さすがにこれ以上は酷だ。

だからキスはまだ早いとルルに言おうと決めて、ティナは妹に目を向けようとする。

「……ティナ」

けれど次の瞬間、クレドがティナの肩をぐっと摑むと、自分のほうへと振り向かせた。

えっと思った次の瞬間、唇に柔らかなものが触れる。

驚いて僅かに口を開いた瞬間、震える唇を啄《ついば》まれ、ちゅっと優しく吸い上げられた。

「……あッ…」

自分のものとは思えない甘ったるい声が出て、ティナの身体から力が抜ける。

倒れかけた身体はクレドの腕に抱えられ、二人の距離は更に縮まった。クレドの逞しい身体に触れていると身体が熱くなり、なぜだかもっと長くキスをしていたくなる。

「ンッ……ぁ……」

そんなティナの気持ちを見抜いたように、クレドが顔の角度を変えながら彼女の唇を貪《むさぼ》る。気がつけばティナもまた縋るように彼の服を摑んでしまい、二人の身体が絡み合うように合わさった。

『……俺が、欲しいのか……？』

だがその次の瞬間、ティナの脳裏に忘れたいと思っていた光景がよぎり、彼女はとっさにクレドの身体を突き飛ばしていた。

そのまま部屋へと駆け込み、勢いよく閉めた扉に身を寄せながら、ティナは身体の奥に残る生々しい記憶と欲望を、必死に抑え込む。

「すまないティナ！　お前がそこまで嫌がるなんて、思っていなかったんだ！」

扉の外からクレドの声が聞こえたが、ティナは答えることができなかった。

（嫌じゃない、それどころか私は……）

その場にずるずると崩れ落ちながら、ティナはぎゅっと目をつぶる。

そうしていると思い出されるのは、彼女がクレドとの別れを決めた日の光景だった。

（思い出しちゃダメ……。思い出したら、私また……普通じゃなくなっちゃう……）

だがいくら言い聞かせても、彼女の脳裏には一月《ひとつき》前に起きたある出来事が、繰り返し繰り返しよみがえってしまうのだった……。

第三章

二人の関係が——、ティナの心が変わってしまったあの日。ローグ国は朝から、雷を伴う酷い雨が降っていた。

でも天候以上に酷いのはクレドの体調で、ガハラド小隊の執務室の奥でぼんやりしている彼をティナと小隊の騎士たちは遠巻きに窺っていた。

「『水の月』になると隊長の様子がおかしくなるって噂、本当だったんですね」

そう言って声をかけてきたのは、ティナよりも更に若い騎士である。

夏の始まりにあたる水の月、その九日目になると毎年クレドが体調を崩すのを、騎士たちは皆知っている。

彼が若い頃は、この日になると気分に関係なく性格が野獣化し、いつもの五倍の荒々しさと検挙率を叩き出していたらしい。

騎士団の仕事には貢献しているが、あまりの恐ろしさに誰も近寄れず、逆に仕事を休むようにと言われたこともあるようだ。

その後ティナの手によって野獣の名を返上してからは荒れることもなくなったが、それでも毎年この日になると彼はどこかぼんやりして気もそぞろだ。

これまでは体調不良を理由に休ませていたのだが、今日は大きな事件が発生したためクレドも仕事に出ていた。

「酷い事件だったし、そのせいで余計に気が滅入っているのかもしれませんね」

執務椅子に身を預けたまま、雨風に揺れる窓をぼんやり見ているクレド。その姿を心配そうに見つめながら、ティナはため息をこぼした。

このところ、ローグ国とその近郊では若い女性の誘拐と殺害が続いている。東の国で人身売買を行う組織が活動範囲を広げ、ついにローグ国にも手を伸ばしたのだ。

なんでも今、海を越えた東の国では金糸の髪と白い肌を持つ女性が人気で、高値で取引されているらしい。

その特徴にぴたりとあてはまるローグ国の女性たちを仕入れようと、複数の組織が水面下で活動しているという噂はずっとあった。そしてその組織に攫《さら》われていたとおぼしき女性の遺体が、今朝方、街はずれで見つかったのだ。

その捜査と街の巡回にガハラド小隊もかり出され、対策を講じる急な会議にもクレドとティナは参加せざるを得なかった。

そこで女性の遺体を見た辺りから、ただでさえ具合が悪そうなクレドの表情がよりいっそう酷くなった気がする。

(遺体は酷い状態だったし、普通の日だとしても気が滅入るわよね……)

よりによってどうして今日なのかと考えていると、クレドが僅かに顔を上げた。そこで彼は、部下たちが自分を心配していると察したのだろう。

困ったように笑うと、彼は「よし」と気合いを入れて席を立った。

「少し早いが、今日は飲みにでも行くか!」

クレドの言葉に、騎士たちは喜び半分心配半分という顔だ。だが「行こう行こう」と笑う顔はいつも通りのようにも見えて、ティナも最後は同意してしまった。


「……ああもうっ、やっぱり止めとけばよかった」

だがその二時間後、クレドを寮の部屋に運び込んだティナは、彼に酒を飲ませたことを後悔することになった。

普段は酒に強い彼がワイン一瓶《ひとびん》で酔っ払い、完全に酩酊《めいてい》している。

そうなると彼を部屋に運ぶのはティナの仕事になるし、大柄な彼をベッドに横たえるのは一苦労なのだ。

「なのに、誰も手伝ってくれないし!」

二人の邪魔はしたくないからなどと言って、騎士たちは毎回部屋の前までしかついてきてくれない。二人きりといっても周りが期待するようなことは起きないのだから、いっそ服を着替えさせるところまで手伝ってほしいと毎回思うが、「それはティナの仕事だから」とゆずらないのだ。

「私は隊長のメイドかっての……」

忌々しく思いつつ、ティナはクレドのシャツのボタンに手をかける。

クレドは暑がりで寝相も悪く、服を着たまま寝ていると寝ぼけた勢いでシャツを平気で破り捨てたりするのだ。それを繕《つくろ》うのはティナの役目になるため、酔って帰ってきた夜は彼女が脱がせているのである。

だからこの日もいつもの要領でクレドを転がしつつ、シャツを引き抜き地面に放る。

ついでにベルトも外してやるべきだろうかとぼんやり考えていると、何となく彼の胸元に目がいった。ベッドの上に横たわっているのは、入団した頃から何度となく見てきた身体だ。なのに近頃、それを見ているだけで身体の奥が妙に疼きクレドの肉体から目が逸らせなくなる。

蝋燭《ろうそく》の炎に照らされたクレドの身体は、ところどころに傷はあるが均整の取れた逞しさと美しさを有している。それが日々の鍛錬の賜《たまもの》であるのを知っているからこそ、自分も彼のように筋肉質な身体が欲しいとティナはずっと思っていた。

（でも、今は……）

憧れとは違う理由で、ティナの身体はクレドを欲しているようだった。

気がつけば手を伸ばし、割れた腹筋にそっと指を走らせる。

呼吸に合わせて上下する肌に触れていると、疼きはどんどん強くなる。

焦燥感《しょうそうかん》も募り、指先だけでなく手のひらで彼を感じ、肌を撫でたいというはしたない欲求まで浮かんだ。

(だめだ、勝手に触るなんて……絶対にだめ……)

触りたいと思うことすらいけないのだと言い聞かせ、ティナは慌てて手を引っ込めようとする。

「……俺が……欲しいのか？」

だがその腕を、クレドの大きな手のひらが摑んだ。

眠っていると思っていたのに、彼は目を開けてティナを見つめていた。

「い、いつから起きて……」

答えの代わりに腕を強く引かれ、ティナはクレドの身体の上に倒れ込む。

唇に柔らかいものが押し当てられたのは、その直後のことだった。

それが口づけであるとティナが気づくより早く、肉厚な舌が歯列をこじ開け彼女の中へと入っていく。

「……んぅ……ンッ！」

驚き身を引こうとしたが、身体と頭を押さえつけられ逃れることは叶わなかった。

酔った勢いで、クレドからキスされたことは何度もある。

でもそれは頭や頬に軽くされる程度で、こんなに荒々しくて深いキスは初めてだった。

そもそも、誰かと唇を合わせることすらティナには初めての経験である。そしてその初めてはもっと優しくて甘いものだという少女らしい考えを、ティナは心に抱いていた。

（息……できなくて、クラクラ……する……）

ティナの口を蹂躙《じゅうりん》する舌は見知らぬ生き物のように蠢《うごめ》き、交わった唾液は媚薬のように彼女を酔わせていく。

想像よりずっと激しく淫《みだ》らな口づけを受けながら、いかに自分の考えが幼かったかをティナは痛感する。抵抗の方法すら、彼女にはわからないのだ。

「……ぅんっ……隊長……だめ、です……」

僅かに唇が離れた隙に、ティナはクレドの身体を押しのけようとした。

けれど彼は、すぐさまティナを抱き締め直すと今度はティナの首筋に唇を寄せた。

「ッ……いた……」

柔らかな肌を強く吸われ、僅かな痛みを感じたかと思えば、今度は優しく舌で嘗《な》められ甘い愉悦《ゆえつ》を呼び起こされる。それに合わせてクレドの熱い吐息が首筋を撫で、ゾクゾクとした快感がティナの全身を駆け上る。

シーツをぎゅっと握り締めて、未知の感覚から逃れようとティナは身体を震わせるが、巧みな舌使いに、なすすべもなく快楽に落とされてしまう。

（止めないと、いけないのに……）

本気で彼を殴れば、逃げる隙くらいはできるだろう。

ティナだって騎士で、自分より何倍も大きな相手を素手で倒し、組み伏せたことだって何度もある。しかし、クレド相手だと抵抗できない。いやできないのではなく、たぶん抵抗したくないのだ。

「ふぁ……あぅ、ンッ……」

クレドが再びティナの唇を奪い始めると、彼女も自然と彼の舌を受け入れてしまう。

キスの合間に甘い吐息をこぼしながら、ティナは厚い胸板にそっと触れる。唇を奪われて、上手く呼吸ができない。

苦しくて、怖いのに、それ以上に心地よさを感じてしまう。

酒のせいかクレドの肌は熱を持ち汗ばんでいた。でも気持ち悪いとは思わない。

むしろもっと、もっと触れ合い彼の熱を感じたかった。

「あっ……！」

そんなとき、ティナの乱れたシャツをクレドの手がたくし上げた。外気に晒《さら》された肌がビクンと震えたが、寒さを感じる間もなく大きな手のひらに撫でられる。

「だめ……クレド……たいちょ……ぅ」

唇を離して訴えるが、クレドの手は止まらなかった。脇腹を優しく撫で擦り、さらしの巻かれた胸元へと指が這い上がる。

ティナの胸はさほど大きくないが、普通の下着を着けていると動くのに邪魔なので彼女

はいつもさらしを巻いていた。

だが身体を重ねているうちにそれは緩んでしまったようで、クレドの太い指が布を器用にかき分けささやかな乳房を持ち上げる。

「やぁ、触らない……で……」

乳首をキュッとつままれると甘い痺《しび》れが全身に広がり、ティナはこらえきれず腰をむずむずと震わせた。ふいに身体をくるりと入れ替えるように組み敷かれてしまう。

男のように育ったとはいえ、甘い痺れが性感であることはティナも知っていた。むしろ男所帯にいたからこそ、聞きたくもない性のあれこれを吹き込まれ、女が感じる様についての知識だけは豊富だった。

(私……隊長に触られて……すごく感じてる……)

初めての感覚に覚えたのは恐怖と、えも言われぬ幸福感だった。

自分が自分でなくなっていく感覚は恐ろしいのに、愉悦に溺れいっそ自分自身を手放したいようなそんな気になる。

(でもだめだ、だって私は……隊長の恋人じゃない……)

愉悦に震えながら、ティナはクレドの顔を見つめた。そこにあったのは、いつもの彼ではなかった。虚《うつ》ろな瞳に欲望の炎を宿し、険しい顔でティナを見つめる相貌《そうぼう》は、野獣騎士と呼ばれた頃の彼によく似ていた。

もともと不安定になる日に酒を飲んだのがきっとまずかったのだろう。そこに理性はなく、本能だけが彼を突き動かしているように思えた。

そして、それを元に戻せるのはティナだけに違いないとわかっているのに、彼女の身体が言うことがきかない。

「ああっ……ダメ……ッ！」

ダメと言いながら、自分の声がその先を望んでいるのは明らかだった。

止めるべきなのに、彼女の身体はクレドに貪られることを望んでいる。その証拠に、さやかな乳房を扱《しご》かれ、頂きを刺激されると、声も身体も甘く震えてしまう。

そしてクレドもまた、その声につられるように胸への愛撫《あいぶ》を強めていく。

「ふぁ……んっ、やぁ……」

再び唇を奪われ、ティナは思わず目を閉じる。そうしているうちに、気がつけばクレドの手が乳房を離れ、ティナのズボンの中へと差し入れられる。

「ンんッ……!!」

下着の上からではあったが、クレドの指先がティナの秘部へと触れた。

「もう、濡れているな……」

低く甘い声でティナの官能を刺激しながら、クレドは濡れた割れ目を強く撫であげる。

そこが既にぐちょぐちょに濡れていることにはティナも気づいていた。気づいているからこそ、抵抗ができなかったのだ。

クレドはずっと好きな相手で、女の性《さが》はずっとこうされたいと思っていたのだろう。

（でもそれは、こんな……こんな隊長にじゃない……）

心ではそう思っても、身体は今すぐにでも彼が欲しいと訴え、はしたなく震える。

「あっ……やぁ……そこ、だめ……」

秘裂を擦る指をもっと強く感じたくて、ティナは僅かに腰まで浮かせてしまっている。

ティナの期待を感じ取ったのか、クレドの指先が下着の間にゆっくりと差し入れられる。

（ああ、すごい……）

クレドの無骨な指先が肌に触れただけで、花弁はしとどに濡れ、男を誘う色香が全身から漂い始める。それにつられるように、クレドがゆっくりと花弁を擦り、蜜をかき出し始めた。

「ああっ……やぁ……いやぁ」

淫らな水音を立てながら激しく陰唇を刺激され、ティナは涙をこぼしながら喘《あえ》いだ。

クレドの手によって官能を開かれ、少年のようだった相貌は艶やかに崩れる。

「だめ……だめ、なの……」

途切れなく喘ぎながら、小さな胸の先端を尖《とが》らせる様に、クレドがゴクリと喉を鳴らす。

ティナの持つ女の顔が、男の本能を強く刺激しているのだ。

（私、こんな……こんなはしたない女だったんだ……）

ろくに色気もないし、女らしさの欠片もない自分は男に近いと思っていた。でもクレドを前にすると、まるで淫らな獣のようだった。

そしてそんな自分が、ティナはたまらなく恐ろしかった。

クレドはまともではないのに、こうしているのだって、彼の本意ではないとわかっているのに、自分の身体を求めてくれているのを喜ぶ自分はあまりに浅ましいとも思う。

(でももし、このまま抱かれたら……、隊長は私を女性として見てくれるかな……)

身分は低いがティナだって貴族の娘だ。結婚前に処女を散らすなんてあってはならないことだし、そうなれば相手が責任を取ることになる。

たぶんクレドの性格なら、自分のしたことから逃げたりはしない。死んでも責任を取ると言い、ティナと結婚してくれるかもしれないと、そんな考えが不意によぎってしまう。

(そうしたら、いつかは……私のことを好きになってくれる……かな……)

クレドを求めるように、ティナは彼の頬にそっと触れる。

凜々しい顔を指でなぞると、クレドもまたどこか幸せそうに笑った。

その笑顔を独占したいと強く思う一方で、彼に触れる自分の指を見てティナははっとする。

日頃から剣や銃を扱っているせいで彼女の手にはタコができ、決して綺麗とは言えない。その指は精悍なクレドの顔にはあまりにも不釣り合いでなぜだか泣きたくなってしまった。

(この手は、隊長に相応しい手じゃないわ……)

手だけではない。顔も、身体も、一時の快楽に溺れたあげくに卑怯《ひきょう》な方法でクレドを得ようと考えてしまう心も、全てが彼に相応しくない。

「ごめん……なさい……」

泣きながら謝罪をすれば、クレドがはっとした顔で動きを止める。

だが彼はまたすぐ、獣のような鋭い目をティナに向けた。ティナが煽《あお》ってしまったせいで、彼はきっともう止まらない。それを察したティナは、もう一度ごめんなさいと繰り返すと、握り締めた拳を突き上げた。

渾身の一撃はクレドの顎に炸裂し、彼は勢いよくベッドから転がり落ちる。

さすがにやりすぎたかもしれないと思いつつ、服を直しながらティナはクレドを窺った。

「……ティボルト……か？」

僅かに身じろぎながら、クレドが掠《かす》れた声をこぼす。

「……俺は、いったい……」

戸惑う声を聞き、ティナはやはり彼がおかしくなっていたのだと察した。

「すみません。酔って暴れかけたので、殴りました」

事実は伏せつつ告げた瞬間、クレドが跳ね起きる。

「まさか、また野獣になったのか？　お前に危害を加えたりはしていないよな？」

そう言って縋りついてくるクレドの顔はいつもの情けないもので、ティナはほっとすると同時に罪悪感を抱く。

（こんな優しい人に、私はつけ込もうとしたのね……）

泣きたい気持ちになったが、涙を見せればクレドを余計に混乱させかねない。だからティナは上官をたしなめる部下の顔になり、乱れたクレドの髪を乱暴に撫でた。

「隊長に何かされるほどヤワじゃないですよ。絡んできたから、軽くお仕置きしただけです」

「軽くにしては顎がものすごく痛いが」

「す、すみません！　もしかしたら、ちょっと強くしすぎたかも」

クレドが心配になり、ティナは彼の顔を覗き込む。自ずと二人の距離が近づき、視線が何気なく絡む。

「……あっ……」

ただそれだけのことなのに、ティナの身体が再び震えた。こぼれた声も、いつもより甘くうわずってしまう。

「ティボルト？」

一方でクレドはただただ怪訝《けげん》そうな顔をするばかりだ。やはりさっきの彼は、本来の彼ではなかったのだろう。

「なんでもありません。ただあの、痣《あざ》ができてしまったから申し訳なくて」

「気にしなくていい。むしろ止めてくれてありがとな」

今度はクレドが、ティナの髪をくしゃくしゃと撫でる。

その手つきは子供の頭を撫でるのと変わりなく、先ほどティナの肌を撫でていたときのものとまるで違った。

（やっぱり隊長はおかしくなっていたのね。そういえば、前にみんながクレド隊長は欲求不満にならないのかって心配していたし……）

精神的にも肉体的にも追い込まれることが多いせいか、騎士たちは皆性欲が強く独身の騎士に至っては娼館に行く者も多い。

でも女嫌いのクレドはそうせず、時折女が描かれた絵を見ながら一人でいたしているらしいと噂で聞いたのは、少し前のことだった。

そんな彼を「健康に悪いから発散しに行きましょう」「ため込むといつか爆発しますよ」と若い騎士たちが誘っているのを何度も見たことがある。

（私にキスしたのも、たまたま側にいたからなんだわ）

欲求不満な上に精神が不安定になり、側にいたティナを見るなり暴走してしまったに違いない。

（でも私のこれは、きっとたまたまじゃないのね……）

クレドから身体を遠ざけながら、ティナはそっと自分の腹部に手を当てる。

甘い疼きは治まりつつあるが、今度は切なさと物足りなさがこみ上げて身体は相変わらず落ち着かない。

（けど元に戻るわ。今回のことだってちょっとした事故みたいなものだし、すぐに普段通りになれる）

だからきっと何も問題ないと、そのときは思ったのだ。

　けれどその日から、ティナはクレドと視線を交わすだけで過剰に身体が反応するようになってしまった。指先が触れ合っただけで真っ赤になり、身体の奥がはしたなく疼くことさえあった。

　そんな日々を送る中、ティナは気づいてしまったのだ。

　クレドに抱かれそうになったあの夜、彼が望む優秀な少年騎士はこの世から消えてしまったことを。

　そして残ったのは、はしたないばかりで何の魅力もない、クレドに恋する一人の少女だけだと……。

◇◇◇

「ねえ兄さん、いつにも増して気持ち悪さが加速してるけど何かあったの？」

　弟であるラザロの指摘にはっと我に返ったとき、既に辺りは暗くなっていた。

　足下で揺れる蝋燭の炎を頼りに時計を見ると、初めてのデートで大失敗してからもう六時間ほどが過ぎている。

　それに驚きつつ自分の手元を見たクレドは、そこで大きく息を呑んだ。

　彼の前にあったのは唇ばかりが描かれたカンバスである。誰の唇かは言わずもがなだ。

「なぜ、唇ばかり……」

「どうせキスでもしたんでしょ？」

カンバスを片付けようとしたところで言われ、クレドはイーゼルを派手に倒す。その上更にパレットまでひっくり返せば、ラザロは呆れた顔で転がった絵筆を拾ってくれた。

「兄さん、ほんとわかりやすいよね」

「そ、その自覚はある……」

「そんな兄さんの好意に気づかないなんて、ティナさんのほうはずいぶん鈍感そうだ」

「ティナを悪く言うな。むしろあいつは察しがいいし、仕事でも……」

「仕事と恋愛の察しのよさはまた別だよ。二人は今までものすごく距離が近かったみたいだし、それが目を曇らせてるのかもね」

ラザロの言葉になるほどと頷きながらも、気を抜くと脳裏にキスから逃げた瞬間のティナの顔がよぎり、クレドの思考は遠くに飛んでいきそうになる。

「心なしか悲しそうだけど、もしかしてキスを拒まれた？」

「まさかお前心が読めるのか!?」

「だから兄さんがわかりやすすぎるんだって……。一分前の会話も忘れるなんて、これは重症だな」

言いながら、ラザロはクレドを椅子に座らせる。

「昔から、兄さんって動揺すると心がどっか行っちゃうよね……。最近は穏やかになったけど、正直心配だよ」

「す、すまない……。自分でも気を引き締めねばと思っているんだが……」

「いいよ、父さんと母さんが死んだときみたいに荒れさえしなければ」

「大丈夫だ。ああはもう、ならない……」

両親の死については、二人にとって苦い記憶だ。

正直クレドは当時のことをはっきりとは覚えていないが、両親の死は彼に大きな心の傷を残したらしく、幼少期の記憶が曖昧なのもそのせいだと医者には言われている。

記憶はなくとも聞かされた死の経緯はあまりに悲惨で、クレドは両親の死後かなり精神が不安定になった。

そしてクレドはたびたび我を忘れるようになり、のちに野獣と呼ばれる荒々しい一面が現れ始めたのもこのころだ。

「落ち着いているならいいけど、何かあるなら相談に乗るからね。ティナさんとのことも、相談したいことがあればなんでも聞くよ？」

クレドの表情が浮かなくなったのを察したのか、ラザロが尋ねる。弟の気遣いに感謝しつつ、クレドは彼女との一日を話すことにした。

それまでのしんみりした空気をぶち壊す失敗談の数々に、ラザロは数え切れない爆笑をし、最後はねぎらうようにクレドの肩を叩いた。

「俺のキスは、そんなに酷かったのだろうか……」

「それはきっと、急にされたから戸惑ったんだよ。ティナさんにとって兄さんは一週間前まで上官で、その上自分を女として見てくれなかった相手だよ？　なのに急にキスなんてしたら、戸惑って当然だよ」

「戸惑っているだけか？　嫌とか、気持ち悪いとか、思われなかっただろうか」

「ないと思うよ。ルルちゃんの手紙からは、そういう感じを受けなかったし」

よかったと胸を撫で下ろし、そこでクレドははたと気づく。

「待て、お前なぜルルとやりとりをしている」

「彼女から手紙が来たんだよ。兄さんに僕っていうしっかり者の弟がいるって聞いて、協力したいって思ったんだって」

色々ツッコミたいところはあるが、クレドが気になったのはルルとのことを語るにつれて輝いていくラザロの瞳である。

「ルルちゃんの手紙ってさ、すごく字が綺麗で丁寧で、最初と最後の一文にはすごく詩的な挨拶がついているんだ。僕、女性から手紙をもらうのは初めてだけど、ドキドキしちゃうんだよね」

あまりにうっとりと言うものだから、「でも十二歳だぞ」という言葉を口にできなかった。

「ねえ、ルルちゃんって可愛い？　フィオーレ家のご令嬢たちって例外なく美人っていうし、やっぱり素敵なんだよね？」

きっと花も恥じらう乙女なんだろうなと夢見るラザロの様子から察するに、たぶん彼はルルの年齢を知らない。

あのませたルルのことだから、きっと手紙も大人びているだろうし、絶対に年上だと勘違いしているに違いない。

（い、言うべきなんだろうか……）

だがこんなにも目を輝かせているラザロを見るのは初めてで言葉が出てこない。

女性の涙を見るのも嫌だが、弟の涙を見るのもクレドは嫌なのだ。

（いやでも、ラザロは二十四歳だし十二歳ならギリギリ許容範囲か？　こいつの趣味はわからないが若い子が好きかもしれないし、ルルも数年経てば立派な淑女になるだろうし）

今だって大人びているのだから、きっと早熟なのだろう。だからきっと上手くやるに違いないと、クレドは自分に言い聞かせる。

「る、ルルのことより今は俺とティナのことだろう」

何とか誤魔化《ごまか》しの言葉を口にすれば、ラザロははっと我に返った。

「ごめん、とにかくルルちゃんからの手紙にはキスについて特筆すべきことは書いてなかったんだ。キスしたことさえ、兄さんに聞いて知ったくらいだし」

「じゃあ嫌われてはいないんだな」

「うん。何も書いてないってことは、キス自体もちゃんとできてたんじゃないかな。ルルちゃん、兄さんの失敗に関してはものすごく丁寧で上品な言葉でぼろくそに書くから」

その手紙を読んだら心が折れそうだなと、クレドはこっそり思う。

「むしろ、兄さんのキスが上手すぎて余計にびっくりしたのかも。ほら、兄さん下手そうなイメージあるし」

「俺も、正直もっと下手だと思っていた」

だが言われてみると、キス自体は問題なくできたのだ。そして、それがクレドは自分でも不思議だった。

するまでは死にそうだったが、ティナの唇に触れた途端まるで何度もしていたかのように、優しく啄むこともできた。

「兄さんって、なんだかんだ器用だよね」

ラザロは感心するように言うが、改めてキスのことを思い出したクレドは小さな違和感を覚える。

(でも、あのキス……なんだか初めてしたような気がしなかった……)

ティナを男だと思っていた頃、ふざけて彼女の頬や頭にキスをしたことはあったが唇は初めてのはずである。

なのにあの温もりと柔らかさを、クレドは知っている気がしたのだ。

(いや、だがありえない。騎士団にいた頃は頬へのキスさえものすごく嫌がっていたし、唇にしていたらそれこそ本気で嫌われてるはずだ)

でもラザロの言葉が正しいなら、ティナはクレドを嫌っているわけではない。だからきっと全ては自分の勘違いだろう。

「ちなみに、兄さんはどうだったの？」

「どうとは？」

「好きな子とキスしたの初めてなんでしょ？　どうだった？」

にやりと笑うラザロの言葉で、クレドは今更のようにこれが自分のファーストキスだったことに気づく。

（そうだ、俺はティナと……ティナと……！）

改めて認識した瞬間、キスの感触と甘さが舞い戻ってきてクレドの意識は飛びかける。

「すごくよかったのはなんとなくわかった」

「また、できるといいね」

「……したい。叶うなら毎日、したい」

「じゃあ明日こそはかっこよく決めて、告白もちゃんとしなよ」

そう言われて、クレドはまだ彼女にちゃんと想いを告げていなかったことに気づく。

本当は今日のデートの最後に、彼女に好きだと言おうとクレドは決めていた。そうしろとルルに背中を押されていたのだ。

会って数分でクレドがティナに気があると気づいたルルは、『私が後押ししてあげる』と二人が共に過ごす口実を作ってクレドに男になれと耳打ちしたのである。

キスのせいで吹き飛んでしまったけれど、それでも明日こそはちゃんと伝えようと彼は決意する。

「とりあえずはいこれ。ルルちゃんから明日のデートの計画書が来てたから、頑張って」

「お前ら、そんなものまでやりとりしてたのか」

「仕方ないでしょ、当人同士が段取りも何も決めないんだから」

確かにその通りだと思い、クレドは恭《うやうや》しく計画書を受け取った。

◇◇◇

爽やかな朝とは裏腹に、ティナは苦い気持ちを抱えたまま目を覚ます。

窓から射し込むすがすがしい日の光は心地よさそうだが、ティナの心は暗く沈んでいた。

(やっぱりまた、あの日の夢を見てしまった……)

昨日キスをしたときから嫌な予感はしていたが、クレドに触れられた夜のことをティナはまたしても夢に見てしまった。

夢なのに、まるで彼の手の感触が残っているようで、ティナは頭を抱える。

なんだか身体も疼いている気がして、ティナは「あああ」と呻きながらベッドを転がり出た。

(ダメだ、こういうときは素振《すぶ》り！　それか銃でも撃って発散しないと身が持たない！)

男らしいことはもうするなと母やルルたちから止められているが、そうでもしないと心が晴れる気がしない。

だからティナは簞笥《たんす》の奥に隠していた男物の服と木剣を手に、こっそりと裏庭に出た。

まだ朝も早い時間なので、誰かが起きてくる気配はない。今なら多少剣を振り回しても怒られないはずだと思い、ティナは騎士団時代に毎朝行っていた素振りを開始する。

鳥のさえずりを聞きながら無心に剣を振っていると、身体の疼きも心の中のモヤモヤも晴れていく気がした。

（やっぱり身体を動かすのはいいな。こうしているとクレド隊長のこともどうでもよくなってくるし）

更にテンポを上げながら素振りを繰り返すと息が上がってくるが、それすら心地よい。

（でもさすがに少し身体が鈍《なま》ってる。昔は、これくらいじゃ汗もかかなかったのに……）

こんなことなら拭く物を持ってくるんだったなと思った瞬間、欲しいと思っていたタオルが突然ずいと差し出される。

「あ、水もいるか？」

「きぃえええええええええええええっ！」

驚きと恥ずかしさがない交ぜになった叫び声を上げながら、ティナは思わず木剣を横に薙《な》いでしまった。

刃が人体に食い込む衝撃と「うぐっ」という低いうなり声が聞こえたところで、ティナははっと我に返る。

「な、ななな、なんでここにいるんですか！」

慌てて声をかけたのは、ティナの木剣を腹に食らって悶絶《もんぜつ》しているクレドである。

「てぃ、ティナに会いに……」

「まだ朝の五時ですよ！」

「な、何時がいいのかわからなくて……。とりあえず、木の上で待っていたら、お前が素振りをするのが見えて……」

「また不法侵入ですか？」

尋ねれば、「違う！」と叫びながらクレドが勢いよく立ち上がった。

「見守るだけにしようとしたんだ。でも何か思い悩んでいたように見えたし、あまりに激しく振っているから汗をかいたかと思って」

無駄に気を利かせるクレドに礼を言うべきか迷っているうちに、彼はタオルをティナの肩にかけ額の汗を拭ってくれる。

それが何となく気恥ずかしいのは、騎士団時代とは立ち位置が逆だからだ。

(あのころは、私が世話を焼く側だったのに……)

暇さえあれば訓練に明け暮れるクレドの汗を拭い、水を差し出すのはティナの仕事だった。仕事といっても彼女が勝手にやっていただけだが。

「たまには逆も悪くないな」

クレドもティナと同じ違和感を覚えていたのか、彼は小さく笑う。

「私は逆のほうが好きです」

「じゃあまた騎士団に遊びに来い」

「嫌ですよ、クレド隊長の汗を拭くためにわざわざ行くなんて」

「そういう意味じゃない。どうせなら一緒に汗をかこうとそういう意味だ」

「今の誘い文句、ルルに聞かれたら0点って怒られますよ」

　ここにはいないルルの代わりに突っ込めば、クレドははっと我に返る。

「女性を誘うには少し汗臭すぎたか……。いやでも、ティナを思っての言葉だぞ？　騎士団なら素振りだって好きなだけできるし、お前が無理する必要もないかと思ってな」

　どうやらクレドは、ティナが素振りすら隠れてやらねばならないことを見抜いているらしい。

「騎士団なら乗馬だってできるし、銃も好き放題撃てるからいい気分転換になるかと」

「いやでも、それじゃやめた意味がないじゃないですか」

「でも昨日から、ティナはずっと無理をしているように見えてな」

　無理なんてしていないと強がりたかったけれど、今の自分が言っても誰も信じないだろう。誰よりもティナ自身が、今の生活が自分に合っていないと感じているのだ。

　それをクレドも察しているのか、気遣うように彼の手のひらがティナの頭を撫でる。

「ティナは人一倍頑張り屋だから、無理をしすぎないかと心配なんだ。ただでさえ新しい生活で苦労しているのに、俺の面倒まで見ていて余計に気疲れもするだろ？」

「それは……」

「でもそれがわかっていて、俺はお前に甘えるのをやめられない。だからこそ、なるべくならお前の負担を軽くしたいと思っている」

「私に甘えないという選択肢は、ないんですね」

「悪いとは思っている。でも俺は、お前にしか甘えられないんだ……」

頭を撫でていた手が止まり、クレドは縋るような目でティナを見つめる。

（ああ、この目……久しぶりだ……）

深緑色の瞳に見つめられながら思い出したのは、彼の部下になったばかりの頃のこと。

初めて彼の中に眠る野獣の一面を日の当たりにした直後、彼は今と同じ瞳をティナに向けていた。

『……頼む。俺を怖がらないでくれ』

孤独と後悔と困惑と、そして悲しみ。それらがない交ぜになった瞳をティナは今もはっきり覚えている。

その瞳を見ることになったきっかけは、ほんの些細な出来事だった。

——あの日、二人は飲食店を荒らした数人の強盗団を追いかけていた。

そのときはまだクレドはまともで、二人は息の合った動きで強盗を路地裏まで追い詰めた。だが次の瞬間、逃げようとした強盗の一人がティナにぶつかりその衝撃で彼女は跳ね飛ばされた。

普段なら受け身を取れたはずが、運悪くティナの側に五段ほどの石段があった。

そのせいで体勢を立て直すことができず、ティナは石段を頭から転げ落ち、僅かな間だが意識まで飛ばしてしまった。

　時間にしてほんの数分、もしかしたら一分にも満たなかったかもしれない。

　でも目を開けると、そこに立っていたのはいつものクレドではなかった。

　彼はじわじわと広がっていく血だまりの上に膝をつき、既にぐったりと倒れた強盗団の一人を殴り続けていた。最初に見えたのは彼の背中だったが、男の胸ぐらを掴み、容赦なく拳を叩き込む様を見れば、クレドがまともでないのはすぐにわかった。

　止めなければと、最初に思ったのはそれだった。恐れよりも先に、我に返ったクレドが自分のしたことを知って苦しむ様が頭をよぎり、ティナは彼の元に駆け寄っていた。

　正直、その後自分が何をしたかはよく覚えていない。転倒したショックが残っていたし、とにかく必死だったからだ。

　でも我に返ると、ティナはクレドに縋りつかれていた。

　必死で謝られ、怖がらないでくれと何度も何度も言われた。

『もう、俺にはお前しかいないんだ……』

　震える声と注がれた眼差しを受け止めたあのとき、ティナは決めたのだ。

　何があっても、自分はクレドの味方でいよう――と。

（でも今は、私以外にも味方はいっぱいいるはずなのにな……）

　野獣な一面もすっかりなりをひそめた今、クレドの元には彼を慕い信頼している者がたくさんいる。ルーカを筆頭に他小隊の隊長とも気さくに話している。

だからきっと、ティナのように皆好きなだけ彼を甘やかしてくれるはずなのだ。

ただそのことを伝えるべきだとわかりながらも、ティナは結局何も言えなかった。

（隊長のためを思うなら、もっと突き放したほうがいいってわかっているのに……）

ティナは、どうしてもそうできない。

だから仕方なく、所在なさげな顔をしているクレドの頭を撫でると、クレドがほっとした顔をして目を細める。

「これは、お前に甘えてもいいという意味だよな？」

「今だけです。いつまでも部下に甘えるような男じゃ、立派な紳士にはなれませんから」

本当はいつまでも自分に甘えていてほしい。けれどそれを口にしてはいけないとわかっているから、本音は軽口の裏に隠した。

「わかっている。ちゃんと男らしくなるし、キスももっと上手くなる」

「きっ……」

クレドの口から飛び出した単語に、ティナは真っ赤になった。

「そういえば、ルルはキスについて何か言っていなかったか？　どこがダメだとか、おかしかったかとか」

「し、知りませんよそんなこと！　自分で聞いてください！」

「だが、十二歳の女の子に自分から聞きに行くというのも……」

こんなクレドだが、一応恥じらいはあるらしい。

「できたらティナにダメ出しをしてほしい」

「わ、私に……!?」

「お前ならダメなところが一番わかるだろう？　何が嫌だった？　どこがダメだった？」

そう言ってぐっと顔を近づけられると、否が応でも昨日のキスとクレドとの一夜が思い出され、ティナは叫びながら逃げ出したくなる。

しかし気がつけばクレドはティナの肩を摑んでいるし、これでは木剣で彼を叩いて逃げることもできない。

「俺のキスは、どうだった？」

ただ唯一の救いは、クレドの顔が真面目すぎることだろう。

あまりにキリッとした顔でキスについて聞いてくるのは少々滑稽《こっけい》で、甘い雰囲気がないおかげで無駄にドキドキせずにすむ。

「よ、要修行……ですかね」

何とか絞り出した一言に、クレドはがっくりと肩を落とす。

「ぐ、具体的にどこがダメだった？」

「そ、そこは自分で気づいて学ばなければダメです！」

「じゃあ気づくためにもう一回してもいいか？」

「なんで!?」

「要修行なのだろう？　ならば何度も練習しなければ」

凹んでいたかと思えば、今度は嬉々とした顔でクレドはティナを見つめる。

(む、無理……無理無理無理無理無理!!)

要修行なのはむしろティナのほうなのだ。キスなんてされたら今度こそこの場から逃げ出してしまうし、また身体がおかしくなってしまうのは確実だ。

はしたない自分を隠しておきたいティナは、そこで持っていた木剣を構える。

「じゃ、じゃあ、どうぞ……」

「どうぞって、なぜ剣を構える」

「打ち込みに、どうぞ」

「打ち込みって剣の稽古じゃないんだぞ?」

「キスも剣も大事なのは回数です。だからほら、どうぞ」

「いやいやいやいやいや、まさかお前この木剣にしろと!?　それはおかしいと、さすがの俺でも気づくぞ！」

「じゃあ、横にしますか？」

そのほうが唇っぽいかなと言いながら、クレドから一歩下がり彼の顔の位置に剣を横向きに構える。

「俺は、お前の唇にだな……」

「まだ早いです！」

「じゃあ唇以外のところでいい！　さすがに木剣は嫌だ！」

「いいじゃないですか木剣でも！　ほら、クレド隊長と仲の良いグレナダ小隊のルーカ隊長は猫相手に練習していましたよ」

「あいつはそもそも変態だから許されるんだ」

「猫よりは、剣のほうが健全です」

「どうしたんだティナ、いつもは冷静なお前らしくないぞ！」

ティナだって、自分がおかしなことを言っているのはわかっている。

(でもキスは、無理なんだもん!!)

言葉にできない叫びを胸の中で繰り返していると、クレドが木剣の刃をぐっと摑んだ。

「……もしや、ティナもキスの経験があまりないのか？」

「そ、そんなことは……」

目を泳がせたティナに、クレドが木剣を押しやりもう一度距離を詰めてくる。

「お前も、要修行なのでは？」

「わ、私は免許皆伝です！」

「ならその唇、修行に借りても問題ないだろ？」

いつになく積極的に迫ってくるクレドに、ティナは思わずひぃっと悲鳴をこぼす。

「う、うそです！　初心者です！」

「ならお前も、やるか？」

言うと同時に木剣を奪われ、今度はティナの唇に刃が近づけられる。

「やるわけないでしょ！」

「さっきは俺にやらせようとしたくせに！」

「だって、クレド隊長とはしたくないんだもの!!」

怒鳴れば、クレドの顔に絶望の二文字が浮かぶ。

（しまった、さすがに今のは酷すぎたかも……）

絶望を通り越して今すぐ自決しそうな顔を見て、さすがのティナも慌てる。

「クレド隊長が嫌だとか、そういうわけじゃないんです。ただその、隊長に私とのキスが嫌だって思われるのが嫌というか……」

「そんなこと思うわけがない。昨日だってすごくよかった」

「そ、そういうこと言われるのも嫌だったんです。恥ずかしいし……」

だから言わないでと懇願すると、クレドが何かをこらえるように顔を手で覆い「はわぃぃぃ」と妙な呻き声をこぼす。

（私、何か変なことを言ったかしら……）

怪訝に思いながらクレドを窺っていると、彼は大きく深呼吸をしてからティナへ顔を向ける。

「……ど、どこだったらいい？」

「へ？」

「唇は嫌だと言っただろう。なら、どこなら練習に使ってもいい？」

予想外の言葉にティナは目を白黒させるが、クレドは至って真面目な顔である。

「剣の稽古と同じだと言ったのはティナだろう。きっと何度も受けて慣れさえすれば、恥じらいも消えるはずだ」

「そ、そう言われると確かにそうかも……」

クレドに触れられた夜も、突然だったから戸惑い過剰に反応してしまったけれど、もしかしたらあれは慣れていないだけだったのかもしれない。

（だって娼婦たちは皆キスも触れ合いも余裕でしているし、もしかしたら私もああなれるのかも……）

そしてもし身体が過剰に反応せず、どんなときも冷静に受け流すことができるなら、仕事で失敗することもないはずだとティナは思った。

（そうしたら私、クレド隊長の部下に戻れるかも……）

「わかった、しましょう！　今すぐしましょう！」

一度決めると、思いきりだけはいいティナである。

そのまま軽く背伸びをして、引き結ばれたクレドの唇にちゅっと優しく唇を重ねる。

「あ、意外といけるな」

彼から迫られると動揺してしまうティナだけれど、今だと決めて自分からするぶんには大丈夫らしい。

（うん、これはいける気がする！）

更にもう一度ちゅっとしてみたが、以前のような動揺は感じない。

「隊長っ！　自分からキスしたら全然大丈夫でした!!」

顔を綻ばせ、ティナが無邪気に飛び跳ねる。

だがクレドのほうは、大丈夫ではなかったらしい。

直後、彼はティナに覆い被さるように突然その場に倒れた。押し倒される格好になってティナは慌てたが、見れば彼は完全に意識を失っている。

(も、もしかして、隊長も私と同じくキスされるほうの耐性がないのでは!?)

きっと彼の衝撃は大きかったのだろう。

(でもそっか、女嫌いなのに突然キスとかしたらびっくりしちゃうわよね)

なんだか悪いことをしてしまったと思いつつ、ティナは気を失ったクレドの背中をそっと撫でる。

状況はだいぶ違うが、やはりこうして身体が密着すると心臓はドキドキする。身体の奥に熱が集まる感覚もあるが、それでも取り乱すほどではない。

(私に必要だったのは、きっと慣れることだったのね)

ようやく解決策が見つかったことで心が軽くなり、ティナはニコニコと笑う。

そんな二人の様子を起きてきた使用人たちが見つけ、悲鳴を上げたのはその少し後のことだった。

第四章

ルルの提案で恋人のまねごとをするようになって早二週間。今日もクレドは、ティナと連れ立って買い物へとやってきていた。

明後日からの職場復帰に伴い、休暇中に隊を率いてくれたルーカに渡す手土産を彼女に選んでもらうというのが、表向きのデートの理由である。

もちろんそれは口実で、二人きりの買い物を堪能したいというのがクレドの思惑であった。

「ルーカ隊長に差し上げるなら、こちらの猫のぬいぐるみなどいかがでしょう？　隊長が飼っている黒猫にそっくりですし、手にナイフを持っているのが可愛いです」

ぬいぐるみにしては少々物騒な造形のせいか、手にするティナの表情はちょっと凜々しい。

だがそれでも、この二週間でティナはだいぶ女らしくなった気がする。

「わかった、それにしよう」

「他に何か買う物はありますか？」

「いや、これで最後だ。休憩も兼ねて、何か食べに行こう」

ぬいぐるみを包んでもらいながら提案すれば、ティナは可愛らしい笑顔を浮かべ彼が差し出した腕にそっと身を寄せてくる。

(ああああ、腕……腕ぎゅっとするのは反則だ!!　可愛い、可愛すぎて辛い……！)

何とか真面目な顔を取り繕ってはいるが、クレドの心の中は激しく乱れ狂っていた。

「あっ、そういえば珍しい氷菓子を出す店が向こうの通りにできたそうですよ。隊長甘いもの好きだし、行ってみませんか？」

腕をぎゅっと摑んだまま、声を弾ませるティナの様子にクレドが悶絶したのは言うまでもない。

最初はクレドとのデートをあれほど渋っていたティナだが、近頃は出かけるたび、こうして楽しげな笑顔を向けてくれるようになった。

自分から腕や手を繫ごうと言い、距離も縮まり近づき本物の恋人のようだ。

「だが、お前は甘いものは苦手だろう？」

「氷菓子なら大丈夫です。さっぱりしてるし今日は少し暑いからちょうどいいでしょ？」

だから行こうと腕を引く様子も可愛くて、クレドはティナの愛らしさを心の中で更に叫びながら連れ立って歩き出した。

二人が歩く通りには多くの人が行き来している。宝石を売る露店を見ていた女性客たちが、クレドに気づきとうっとりとした顔を向けてくる。

少し前ならその視線だけで固まっていたクレドだけれど、ティナとこうして歩いているときは気にならないし、近頃はティナを気遣えるまでになった。

この二週間でティナが女らしさを手に入れたように、クレドもまた女性のリードが上手くなったのだろう。人通りの多い往来でもそつなく彼女をエスコートし、さりげない会話をするほどの余裕である。

それはティナも同じで、最初の頃は悪戦苦闘していたヒールの高い靴も履きこなし、転ぶこともはやない。

（もともと運動神経はいいし、器用な子だからな……）

ルルのしごきが厳しいと泣き言をこぼすこともまだあるが、成果は如実に表れている。

そんな彼女を微笑ましく見ていると、不意に誰かが二人を呼ぶ声がする。

「ティナ様とクレド様だ！」

視線をティナから往来に移せば、見覚えのある子供たちがこちらに駆け寄ってくるところだった。

近づいてくるのは、仕事中によく遊んでくれとせがむ街の子供たちである。

昔は子供に怖がられていたクレドだが、ティナと一緒に巡回をするようになってからは人懐っこい彼女が間に入ってくれるおかげで、むしろよく声をかけられる。

「ティナ様、女の子のドレス慣れたー？」

「今日のお洋服、お花みたいで可愛いね！」

とはいえやはり受けがいいのはティナのほうで、子供たちは彼女に纏《まつ》わりついていた。

「だいぶ慣れたよ。今だったら、ドレスで盗賊退治もできそう！」

「女の子は、盗賊は退治しないと思うよ？」

などと子供たちに指摘されて言葉を詰まらせる姿も可愛くて、クレドは顔を綻ばせる。

「いや、できるだろう。俺のティナは可愛いだけじゃなくて強いからな」

フォローのつもりだったが、ティナは真っ赤になって押し黙る。

代わりに子供たちが「イチャイチャしてる！」と騒げば、ティナは更に慌てたようだが、クレドはむしろ気分がよかった。

「イチャイチャしてるんだ。だからそろそろ俺のティナを返してもらうぞ」

子供たちに合わせて腰を落としていたティナを立たせ、その腰を抱き寄せる。

ドレス姿の彼女に腕を回すことに最初は抵抗があったが、近頃はもうない。あわよくば彼女に触れたいという気持ちばかりが募ってしまうことのほうが多い。

「クレド様、今度また遊んでね！」

「ティナ様も、また一緒にどろんこ遊びしよう！」

無邪気に手を振る子供たちに手を振り返しながら、二人は再び歩き出す。

ほどなくして目的の店に到着した二人はテラス席へと案内される。

秋にしてはかなり日差しがきついが、海からの風と日よけのおかげで暑さはさほど感じない。にもかかわらず、先ほどからティナが難しい顔をしているのにクレドは気がついた。

理由を聞きたいが、その理由が自分に関することだったらどうしようと臆してしまう。

そのままそわそわとティナを見つめていると、彼の動揺を彼女も察したのだろう。小声で「ごめんなさい」と謝った後、彼女はおずおずと口を開いた。

「あの、年頃の淑女がどろんこ遊びをするのはまずい……ですよね？」

子供たちの誘いについて真剣に悩んでいたティナが可愛くて、クレドは笑顔になる。

「俺はまずいとは思わない。子供たちの相手をするのも、大人の大事な役目のひとつだ」

ただ服は替えたほうがいいなと付け足せば、ティナが苦笑する。

「実は騎士をやめた後も時々遊びには付き合っているんですけど、そのたびにドレスを汚してしまって家の者たちに怒られるんです。汚れてもいいドレスを用意すると言ったら、そもそもどろんこ遊びなんてするなってルルに怒られてしまって……」

「まあ、ルルは怒るだろうな」

「でも慕ってくれる子供たちを無下にしたくないし、どうしようかとずっと悩んでいて」

確かに高価なドレスを着た女性が街の子供たちと遊ぶことはまずない。

ティナやクレドに懐く子供たちは貧しい家の者が多く、そんな子供たちと貴族が顔を合わせるのは慈善活動のときくらいのものだ。

ローグ国は豊かな国だがやはり貧富の差はあり、高貴な者の中には爵位を持たぬ人々を蔑《さげす》む者も少なからずいる。

故に貴族の令嬢の多くは街の子供たちと関わりたがらないし、男爵家の令嬢であるルルも同様の考え方なのだろう。

でもティナは、そうした偏見を持たない。見習いの騎士のときから、巡回中に声をかけてきた子供たちをよくかまっていたし、休みの日にどろんこ遊びをしたり剣術の稽古をつけてやっているところを見たこともある。

そしてティナの子供思いな一面にも、クレドは少なからず惹《ひ》かれていたのだ。

「泥だらけになっても、ティナは可憐《かれん》で美しい淑女だ」

ティナの悩みが少しでも軽くなればと思い、クレドは言葉を重ねながら彼女の手をそっと握った。

「でもあの……これは例えばの話ですけど、自分の恋人が美しいドレスを汚しながら子供たちと遊んでいたらクレド隊長は嫌ではないですか？」

「嫌なわけがないだろう。むしろ俺は、そういう女性にこそ運命を感じる」

恋人の部分を勝手にティナに変換して頭の中で想像してみると、むしろあまりの愛らしさに抱き締め倒す未来が見える。

「むしろ交ぜてほしい」

「クレド隊長も、一緒に遊びたいのですか？」

「もちろんだ。自分の恋人を子供たちに取られるのは嫌だし、泥だらけになった姿を間近で見たいからな」

「遊びたいっていうか、嫉妬《しっと》してるんですねそれ」

「するだろう。子供とはいえ、男の子もいるだろうし」

「いやでも子供ですよ」

「子供でも、男は嫌だ」

特にティナは少年たちに人気があるし、内心ではちょっと面白くないと思っていたクレドである。

「それに俺は、泥団子を作るのも上手いぞ」

「三十を超えた大人の男が、誇れることじゃないですよそれ」

「いや、俺の団子はすごいぞ。なんなら子供たちを交えて披露しようか？　ドレスが汚れるのが嫌なら、着替えを用意するぞ？」

「二人で泥遊びしたら、ルルにめちゃくちゃ怒られるでしょうね」

「じゃあ二人だけの秘密にしよう」

「普通、子供が大人に内緒にすることですよね」

そう言って笑いながらも、クレドの提案に乗る気になったのか、重ねた手をティナがそっと握り返してくれる。

近頃、ティナはクレドからのスキンシップにまったく抵抗がなくなった。むしろ自分から距離を詰めてくるときもあるし、「もしや俺のことが好きなのでは!?」と思ったことも何度かある。

だがクレドは、まだそれを確認できていない。そして自分の気持ちも、告げることができていなかった。

もちろん言おうとは思っているのだが、可愛らしすぎるティナと彼女からのスキンシップに興奮しすぎるあまり、告白をする余裕のないまま一日が終わってしまうのだ。

「そうだ隊長。家に帰ったら、いつものアレお願いしますね」

「あ、アレ……か。俺はかまわないが……その……」

「そんな嫌そうな顔しないでくださいよ。ちゃんと隊長が耐えられる程度にしますから」

笑顔で言い切るティナに不安を抱くが、運ばれてきた氷菓子のせいでそれ以上の言葉は口にできない。

（……今日も、やるのか……）

約一週間前から、二人はデートの最後にある訓練を行っている。それもまた男女の触れ合いに関するものではあるのだが、クレドにとってはある種の苦行でもあった。

（いや、でも嫌ではないんだ……。むしろ幸せな気分にもなるんだが……）

などと悶々としつつ、氷菓子をスプーンで崩す。

「……ん？」

そんなとき、不意にティナが往来へと顔を向けた。

一瞬だが、愛らしい横顔に騎士としての顔が覗いた気がして、クレドも彼女の視線の先を追う。

「何かあったのか？」

「いえ、なんだか視線を感じた気がして」

ティナの言葉に、クレドは僅かな不安を覚える。

「もしや、お前に声をかけようとどこかの男が窺っているのでは……？」

「そんなことないですよ。むしろクレド隊長をどこかのお嬢さんが見ていたのかも」

ティナは取り合わないが、実際ティナに声をかけようとする男は確実に増えている。

この二週間で、ティナは着実に女らしくなっているし、所作やさりげない表情には愛らしさが増し、その成長ぶりはルルも認めるほどだ。

往来を歩いていると、彼女に熱い視線を向ける男性もちらほら現れてきているし、そのたびにクレドは牽制《けんせい》する羽目になる。

でもそれに、ティナはちっとも気づいていない。

（きっとまた、誰かがティナを見ていたに違いない。だが隠れてこそ見るなんて、やましい奴だ……）

まさかティナを見てよからぬ妄想でもしているのではと思った途端、頭にカッと血が上り、目の前が見えなくなるほどの怒りに襲われる。

「く、クレド隊長!?」

ティナの慌てる声がしたので、クレドはすぐさま我に返った。

けれど僅かではあるが、確実に彼の意識は怒りに呑まれ遠のいていた。

(今の感じ……まるで……)

周りが見えなくなり意識が怒りに支配される感覚は、我を忘れて暴れてしまった頃のものに、とてもよく似ていた。

「お、俺は何もしなかったか？」

「あ、はい。でもあの、スプーンが……」

ティナの指摘で手の中を見れば、持っていたスプーンが完全にひしげている。

「どうしたんですか？　何か嫌なことでも？」

宥めるようにティナの手がクレドの頬に触れる。たぶん彼女も無意識のうちにクレドの変化を感じ取っていたのだろう。

しかし、またおかしくなりそうだったと言えば彼女を煩わせることになる。

(こんな些細なことで変貌しかけたと言えば、今度こそ怖がらせてしまうかもしれない)

そして嫌われたらと思うと、とてもではないが本当のことは言えない。

(ここ数年ずっとまともだったんだ。気をしっかり持てば、もう馬鹿なことをしでかしたりはしない)

自分に言い聞かせながら、クレドはもう一度「大丈夫だ」と頷く。

「それより、スプーンをダメにしたことを謝ってくる」

そう言って、クレドは逃げるように席を立った。

◇◇◇

クレドの様子が少しおかしい気がして、その日はいつもより早くデートを切り上げることにした。彼と共に自宅へ戻り、ルルに一日の出来事を報告しようと部屋に向かったが、彼女の姿はない。

代わりに「私もデートなので、今日の反省会はありません」という一方的なメモだけが机の上に置かれている。

「あの歳で、ルルはもうデートをしているのか……」

「それも、毎回相手が違うみたいなんですよね」

「……ラザロの恋は前途多難だな」

クレドの弟がルルに惚れているらしいと聞いていたので、ティナはつい苦笑する。

「報告がないなら、今日は帰りますか？　隊長は、少しお疲れみたいですし」

「しかし、今日はまだ最後の訓練が残っているだろう」

「でも隊長にとっては苦行でしょうし、無理なら……」

「いや、する……。したい……」

言うわりには声が震えていたが、そう言って手をぎゅっと握られると無理やり帰すのも気が引ける。

「じゃあああの、少しだけ」

摑まれた手を握り返し、ティナは彼を連れて自分の部屋に行く。

部屋に入るなりガチガチに緊張しだしたクレドと共に、ティナはベッドの脇に立つ。

その瞬間はティナもまた少し緊張するが、これから行うのは訓練だと言い聞かせて、勢いよく腕を広げた。

「はい、じゃあまずはぎゅっとしてください」

その途端、クレドの顔面は完全に崩壊する。そして壊れたからくり人形のようなぎこちなさで、ティナをぎゅっと抱き締める。

「クレド隊長、訓練を始めて二週間も経つんですから、抱擁くらいちゃちゃっとできるようになってください」

「む、むちゃを言うな……」

ガチガチになっているクレドに苦笑しながら、ティナは彼と共に側のベッドに座った。

デートを終えて屋敷に帰った後、二人はこうしてスキンシップの訓練を行っている。

しかし、クレドに成長はあまり見られない。

「私も抱き締められないようじゃ、結婚なんて絶対できませんよ？」

ティナの言葉にようやく我に返ったクレドが、おずおずとティナの後ろに回した手で背中を撫でる。緊張はまだ解けていないし身体もガチガチだが、きつく抱き締めすぎないようにという気遣いは感じる。

大切に、壊さないようにという思いが腕から伝わってくると、ティナは少し落ち着かない気持ちになる。

（下手くそだけど、クレド隊長の抱き締め方は嫌いじゃない……）

それどころか、気がつけば彼の胸板に自然と頬をすり寄せてしまっていた。

「てぃ、ティナ……今胸が……」

「当たったのは、胸じゃなくて頬です。……押しつけるほど胸がないのは、クレド隊長もご存じでしょう」

クレドの発言にむっとしつつも、頬を寄せていたと知られるのは恥ずかしいので、あえてそれ以上は責めなかった。

むしろ自然と頬を押し当てていた自分に、ティナは戸惑う。

（スキンシップに慣れてきたのはいいけど、こんなのは予想外だわ……）

訓練の成果は確実に出ているし、多少の抱擁やささやかなキスに動揺しなくなってきたのは良い傾向だ。

だが余裕が出てきたおかげで心地よさを感じるようになり、無意識にクレドに近づいてしまうのは誤算だった。

ふしだらなことはしていないが、こうして抱き締められるとクレドの胸元に手や頬を寄せてしまうし、叶うことなら永遠にこうしていたいと思ってしまう。

（でも永遠なんて、ありえないのに……）

クレドに触れ合えるのはこれが訓練だからだ。そしてこの訓練は、いずれ彼が別の女性を抱き締めるためのものでもある。

(彼の恋人は、きっとこの世で一番の幸せ者ね)

もし自分がその恋人になれたらと、あまりに馬鹿げた考えが頭をよぎり、ティナは思わず胸を詰まらせる。

「ずっと黙っているが、やはり息苦しいのではないか？」

頭上から降ってきた言葉に、ティナは慌てて上を見る。

二人に体格差があるので、腕の中にいるときはかなり上を見なければ彼の顔を捉えられない。だからこそ赤くなったり、うっとりしてもバレないという利点はあるが、逆にこの体格差がティナは少し悔しい。

「いえ、大丈夫です」

「しかしお前は小柄だから、抱き締めるたびに潰してしまわないかと不安なんだ」

ティナは彼の恋人になりたいと思ってしまうが、クレドの心配の仕方は子供に向けたもののようで、自分はやはり対象外なのだと痛感してしまう。

「いらぬ心配です。小さくても、ちゃんとした大人ですし騎士ですから」

むっとして言い返すと、ティナの不機嫌を察したようにクレドが頭を撫でてくる。

宥めているつもりなのだろうが、それもまた子供扱いされているようでティナはますます不機嫌になる。

（意識するのは私ばかりで、隊長は子供を抱っこしてるくらいの感覚に違いないわ）

ベッドの上で抱き合っていても、端から見たら大人と子供がじゃれ合っているくらいにしか見えないのだろう。実際一度抱き合っているタイミングでルルが入ってきたが何も言われなかったし、両親も使用人も二人で部屋にいることを咎めもしない。

部屋の扉を開けておけと言われたこともなければ、そもそも様子を見に来ることさえほぼないのだ。

それもこれも二人に何も起きないと思っているからだろう。というか、色気のないティナにクレドが手を出すわけがないと皆思っているのだ。

「私だって大人なのに……」

思わず拗《す》ねて声をこぼすと、クレドが慌てて頭を撫でていた手を止める。

「子供扱いしているわけではない」

「もし本当に大人扱いしていたら、私とこんなことできないでしょ」

大人の女性として見ていないからこそ、こうした訓練だってできているのだ。彼と触れ合えるのが自分だけであることには嬉しさを感じるが、同じくらいの寂しさも募る。

「お、大人扱いしている！」

「見え透いた嘘はいいです」

「嘘ではない！　俺はちゃんと、大人として扱っている」

どこがと言いかけたところで、クレドが突然ティナの手を摑んで持ち上げる。

「しょ、証拠も見せる」

「証拠？」

「き、キス……する。今日こそは」

「無理でしょ。隊長、指先にちょこっとキスするのが限界じゃないですか」

スキンシップの訓練にはキスも含まれていたが、初めてのデート以降、彼が成功したことはない。ティナもキスはまだ苦手なので問題はないが、指先に唇を近づけるだけで失神しかけるクレドには少々呆れていた。

（きっと、私からしたのがそうとう嫌だったのね……）

ティナを男だと思っていた頃は平気でしていたのに、最近ではティナの唇を見ただけで固まっているときもある。

（それにしても、普段はこんな有様なのにあの日はよくあんな淫らなことできたわよね）

騎士団を去るきっかけになった夜のクレドと、今の彼はもはや別人である。同じようにされたら今度はティナのほうが冷静でいられないだろうが、それでもあまりの変わりようを見ると更に寂しさが募る。

（私だってわからなかったから、きっとあんな触れ方ができたんだろうな）

ガチガチに強張った身体を見るに、彼がティナに欲情する様子はまるでない。それはきっと、彼女に欠片も色気がないからだろう。

着慣れてきたとはいえドレスは未だ似合っているとは思えないし、やっぱり子供にしか見えていないに違いない。

（いやでもこれでいいのよ。触れ合いに慣れたら私はまた騎士に戻るし、それなら意識してもらえなくていいじゃない）

一応淑女になるべく訓練はしているが、心は九割方騎士に戻るほうに傾いている。

相変わらずティナと婚約したいという者は現れないし、一緒にいるせいでクレドの側を離れたくないという気持ちが強くなってしまったのだ。

「ティナ、俺は本気だぞ……」

とはいえ、耳元で名前を呼ばれると、ティナの身体がぴくんと震えてしまう。

慣れてはきたが、この距離では彼を意識しすぎてしまうのだ。

「キスをする、今日こそは」

「また失神しますよ」

「……ま、まずはあの、手首に……する」

だから手を持ち上げていたのかと気づき、ティナは苦笑した。

「いま、俺を馬鹿にしただろ。するのは手首だが、大人のキスだ」

「手首にする時点で大人とは言えないでしょう」

「それは、やってみなければわからないだろう」

「そもそも大人のキス、知っているんですか？」

「本で読んで勉強したから問題ない」

クレドは自信満々だが、どうせすぐ音を上げるだろうと思ったティナは手首を差し出す。

「ならどうぞ」

誘うように手首を振れば、クレドはあからさまに狼狽《ろうばい》する。

だがすぐに覚悟を決めたのか、僅かに顔を傾けながらクレドの唇が手首に触れた。

その瞬間、ティナはぐっと身体を強張らせる。

(待って！　手首って、なんだかすごく変な感じがする……)

指先へのキスは何度か受けていたし、クレドの唇にはだいぶ慣れた気がしていた。

なのに位置がほんの少し心臓に近くなっただけで、血液が逆流するような感覚と共に甘美な痺れが全身を駆け抜ける。

その上、手首に唇を寄せるクレドの表情はあまりに官能的すぎた。

目を閉じ、優しく肌を吸い上げる様は妙に色気があって、ティナは呼吸を忘れてしまう。

「……んッ」

手首の筋をなぞるように舌先で優しくくすぐられ、ティナは思わず甘い声をこぼした。

「すまない、痛かったか？」

クレドが慌てて唇を離し、それに酷くほっとする。

「す、少しだけ……」

「すまない、もっと優しくする」

「あ、いや、やっぱり今日は……」

「大丈夫だ。ちゃんと勉強したから、もっと淫らにできる」

言いながら、今度は反対側の手を取りクレドは手首に口づけた。

手首の内側を優しく吸い上げてから、食《は》むように肉にそっと歯を立てられると再び声がこぼれそうになって、ティナは慌てて口元を手で覆った。

「く、くすぐったいから、やっぱりやめてもらってもいいですか……」

これ以上は耐えられないと思って告げると、クレドがそっと唇を離す。

「では、やはり指先にしようか」

だがキスはそこで終わらなかった。手首に寄せられていた唇が、手のひらを伝い指先へとゆっくりと移動していく。

「……ティナの手のひらは柔らかいな」

その上クレドはそんなことを言って、手のひらの中心を舌で軽く撫で上げる。

ちゅっと音を立てながら施される手のひらへの口づけで、ティナは胸や下肢以外にも性感帯があるということを初めて知る。

「も、もういいです！　大人のキスができるのは、もう十分わかりましたから……！」

「ああ、だがもう少し」

躊躇《ちゅうちょ》していたのが嘘のように、クレドは何を言っても手を放さない。

そろそろ殴ってやろうかと思ったティナだったが、結局それは失敗に終わる。持ち上げられた指先をクレドに優しく食まれ、舌先で舐められたせいで、腕にまったく力が入らなくなってしまったのだ。

口に含まれた指先を舌で撫でられるたび、腰の奥が甘く痺れて身体がビクンと跳ねてしまう。慌てて身体を押さえ込もうとするが、クレドの舌の執拗《しつよう》さに勝てず、痺れと熱はどんどん増していく。

でも目を閉じ、キスに集中しているクレドはそれに気づかないのだろう。ティナの指先を味わうように蠢く舌は止まる気配がない。

「ンッ――」

思わず甘い声がこぼれ、もう片方の手でティナは慌てて口を塞ぐ。

そのせいで体勢が崩れ、ティナは後ろから倒れそうになるが、それよりも早くクレドが彼女を優しく抱き寄せていた。

斜めに傾いた二人の身体がゆっくりとベッドの上に倒れたが、その間もキスはまだ続いていた。指先にすると言っていたくせに、気がつけばまたクレドの舌先はティナの手首を舐《ねぶ》っている。

「あッ……ン……」

更に甘い声がこぼれたのは、手首への口づけだけが理由ではなかった。

クレドがティナの身体の上に乗る形で倒れたために、彼が動くたびに重なった腰の辺りが自然と擦れ合うのだ。

（どうしよう、腰……動いちゃう……）

触れ合う面積が大きくなったせいで、ティナの身体は淫らに反応してしまう。

クレドの唇が肌を撫でるたびに、ドレスの下で腰がビクンと跳ねる。彼の下から出ようと足を動かしてみるが、逆に二人の下腹部が密着するばかりで効果はない。

「クレド隊長……もう……」

やめてと言いたかったのに、痕が残るほど強く手首を吸い上げられたせいでそれは叶わなかった。

「ティナの肌は……甘いな……」

キスの合間にこぼれた声にティナは思わず赤面する。だが同時に、彼女はクレドの声音がいつもと少し違うことに気がついた。

（この声、まるであの夜みたい……）

いつもより低くて甘い声が、淫らな夜の記憶を思い起こさせる。

そのせいでティナの身体の熱が高まり始めたが、溺れる手前で何とか踏みとどまる。

（やっぱりクレド隊長、いつもと様子がおかしい……）

理由はわからないけれど、あのときのように自分を見失いかけているのかもしれない。

だとしたら止めなければと思い、ティナは大きく息を吸った。

「お、終わりです！」

慌てて手を引き抜き、守るように手のひらを胸に抱え込む。

そこでようやく、クレドは我に返ったようだ。ティナをじっと見つめる顔は少しだけ情けないもので、彼女はほっとする。

「……すまない、ちょっと夢中になった」

慌ててクレドは謝罪したが、そこで彼は僅かに息を呑む。

「目が潤んでいるが、そんなに嫌だったのか!?」

潤んでいたのは感じてしまっていたからだが、もちろんそんなことは言えない。

「い、嫌……でした」

誤魔化すためにあえて拗ねた声を出すと、クレドが慌ててティナを引き起こし、ハンカチを取り出してティナの手を拭く。

「本当にすまない……！　ちゃんと拭くから嫌わないでくれ！」

嫌うことなどありえないが、今言葉を口にすれば声から好意まで伝わってしまいそうだったので、黙ってされるがままになる。

「少し強く噛《か》みすぎたんだな……。一応綺麗にしたが、痛むところはあるか？」

「い、いえ……」

「本当にすまない。もうしないから、怒らないでくれ」

「別に怒っていません」

「でも顔が赤いし、眉間にすごい皺《しわ》が寄っているぞ」

これは怒りのせいではないが、こちらも口にできるわけがなかった。

「ど、どうしたら許してもらえるだろうか」

「……別に、何もしなくていいです」

「だが怒られたままは嫌だ。お前が望むことならなんでもする！」

あまりに情けない顔で縋りつかれると甘い雰囲気は崩壊し、ティナの身体の熱が少しずつ引いていく。

「本当にいいです。もう怒ってないし、むしろ隊長は大丈夫ですか？」

「ああ、気持ちよかった」

「そ、そういうことを聞いたわけじゃありません！」

調子が悪いのではないかと不安を抱いていたが、今のところ問題はなさそうである。

(私の思い過ごしかも……。クレド隊長、いつも通りだし)

「ティナにも気持ちよくなってもらいたかったが、まだまだ鍛錬が足りないようだな」

「……まあ、成長はしていると思いますよ一応」

「大人のキスはできていたのか？」

「ええ。今のキス、好きな子にしたらきっとぐっときてくれます」

「ティナは、ぐっときたのか？」

「な、なんで私に聞くんですか！　きませんよ！」

ついムキになって叫ぶと、クレドはがっくりと肩を落とす。

「やっぱりお世辞だったんだな」

「違いますよ。でもあの、本当に成長はしてますから」

むしろこのまま成長されたら、ティナのほうが先に音を上げそうな勢いである。

(私ばっかり成長がないみたいで、ちょっと複雑……)

ため息をこぼしながら、ティナは手首をじっと見つめる。

(でもまさか手首でも感じちゃうなんて……)

自分はここが弱いのだろうかと思いながら、ティナは手首に自分の唇を寄せてみる。

(何も感じないんだけどなぁ……)

などと思いながら唇を離した途端、なぜだかクレドが「うぐぅぅぅ」と呻き出す。

「な、なんですかいきなり!」

「だって、あの、それは、間接キス……では」

しどろもどろの言葉に、ティナもはっと我に返る。

「そ、そういうこと言わないでください! 今のは、ただちょっと、自分もキスされる練習をしただけで!」

「れ、練習なら俺の唇ですればいいだろう」

「間接キスで戸惑ってた人が何を言ってるんですか!? それもうただのキスですよね!?」

ティナの手首を掴もうとしたクレドを押しやれば、彼は叱られた犬のように小さくなる。

「いやでも、よくよく考えたら間接キスなんて何度もしたよな? 騎士団にいたときは食べ物や飲み物をよく交換したし、同じベッドで寝たこともあるから意識するほどじゃ……」

「あれとこれとは別です！　とにかくもう、今日は終わり！　帰ってください！」

そう言って、ティナはクレドをベッドから転がり落とす。

その様子を見てやはり怒っているのかとさんざん聞かれたが、最後は「そうですよ！　だから帰ってください」と怒鳴って彼を部屋から叩き出した。

自分で誘っておいて追い返すなんて……と、すぐさま自己嫌悪に陥ったが、クレドが妙なことを言い出したのが悪いのだ。

「間接キスとか……なんで言うのよ馬鹿……」

叩きつけるように閉めた扉に寄りかかるようにしてしゃがみ込み、ティナはじっと自分の手を見つめる。

確かに間接キスはさんざんした。でもそのたび、ティナがどんな気持ちになっていたかをクレドは知らないのだ。

（私はめちゃくちゃ意識してたのに……）

同性になると距離感が近くなるクレドから「これうまいぞ！」と食べかけの料理を差し出されるたび、ティナのほうは内心ずっとドキドキしていたのだ。

気持ちがバレないように受け取ってはいたが、後でこっそり身悶《みもだ》えるのが常だった。

（……でもさっきは、クレド隊長も意識してくれたのかな）

口づけの痕が残る手首を見つめていると、唇が手首に自然と吸い寄せられる。

そのままそっと唇を重ねてしまってから、ティナはようやく我に返る。

（何やってるのよ私は!!　こんな女々しいこと、騎士はしない！　絶対しない！）

更なる自己嫌悪に襲われながら、口づけの痕が残る手首をティナはぎゅっと握った。

「ティナ!!」

そのとき、てっきりいなくなったとばかり思っていたクレドの声が扉の向こうから響く。

不意打ちに驚いた一方、彼の声にただならぬ気配を感じてティナは慌てて扉を開けた。

真剣な顔のクレドと目が合うと同時に、ティナは焦《こ》げたような臭いが漂っていることに気づく。

「まさか火事……？」

「安心しろ、ここのは消し止めた」

クレドの言葉に小さく首をかしげると、クレドがついてこいと視線で合図する。

言われるがまま勝手口から外に出ると、裏庭へと続く扉の側には家の者たちが集まっている。見れば屋敷の壁が黒く焦げ、側にあった花壇の花が無残な姿になっている。

「こんな、火の気のないところが燃えていたの？」

「はい。クレド様が気づいてくださったおかげで、すぐに消せたのですが……」

使用人の説明に、ティナはクレドに礼を言おうとする。

しかし次の瞬間、強い北風と共に大量の黒煙がティナたちの元へと流れ、一同は慌てて口元を押さえる。

（この方向……エドワーズさんのお宅のほうだ……！）

　黒煙の流れてくる方向から火が出ているのは隣の邸宅だと気づいた途端、いても立ってもいられなくなったティナはその場から駆け出した。

　そして敷地を隔てる生け垣を一気に登り、隣の屋敷の裏庭へと飛び降りる。

「おい、先走るな！」

　だがそこで、追いかけてきたクレドがティナの腕をきつく摑んだ。

「この煙はただごとではありません。消火と住人の安否を確認しないと」

「そういうのは騎士の仕事だ！　それにこの風では火の回りが早すぎる。たぶん消すのはもう無理だ」

「でもまだ中に誰かいるかもしれない！　エドワーズさんのおうちには小さな子供が二人もいるんです！」

「だとしたら俺が行く！　お前はもう騎士じゃないんだぞ！」

　強い口調に、ティナの胸が抉《えぐ》られるように痛んだ。

(騎士じゃないけど、私だってやれるのに……)

　むしろ緊急事態なのだから、ついてこいと言ってくれることをどこかでは期待していた。

　騎士はやめたが、ティナはずっとクレドの相棒だった。だからどんなときでも自分を頼ってくれると思っていたのだ。

「それにそんなドレスじゃ……」

「ドレスを着ていても私の心はまだ騎士なんです！　何もせずにいるなんてできませ

ん！」

それ以上聞きたくなくて、ティナはクレドを追い越し屋敷の入り口に向かう。

入り口からは次々に使用人たちが駆け出してくるが、顔なじみの夫人と子供の姿はない。

それに不安を覚え、ティナは声を張り上げた。

「奥さんと子供たちは!?」

大声で尋ねると、家令らしき男が震えながら駆け寄ってくる。

「二階にいらしたはずですが、煙が酷くて捜せず……」

「裏の勝手口から出た可能性は？」

「その勝手口の側が火元なんです！」

だとしたらまだ中にいるはずだと考え、ティナは躊躇うことなく屋敷の中へと飛び込んだ。ここの家の子供たちと何度か遊んだことがあるので、子供部屋の場所は知っている。ならば迷うことなく救出できると、そう踏んだのである。

(でもどうしよう、火の回りが本当に早い……)

ハンカチで口元を覆っていても煙で咳がこぼれ、目からは涙があふれて視界も最悪だ。

今ならまだ二階に上がれそうだが、戻るまで退路が保つかと不安を感じた。

「おいっ、用意もなく一人で飛び込むんじゃない！」

そのとき、突然濡れた布のようなものがティナの頭に降ってくる。

驚いて振り返ると、そこにいたのはクレドだった。

彼は全身ずぶ濡れで、ティナにかぶせたのは彼の濡れた上着だったらしい。

意地を張ったせいで準備を怠《おこた》っていた自分の浅はかさに凹んでいると、クレドは声の代わりに騎士が使う手振りでついてこいと合図する。

どうやらティナの説得は諦め、連れて行く気になったらしい。

それに感謝しつつ、ティナもまた手振りで子供部屋に案内するとクレドに伝える。

クレドが頷いたのを確認してから、ティナはすぐさま駆け出す。

めきめきと不気味な音を立てる屋敷の階段を上れば、二階にはまだそれほど火の手は回っていなかった。

(でも煙が酷い……)

残された家族は無事だろうかと不安を抱きつつ子供部屋に飛び込めば、夫人と子供たちは抱き合いながら部屋の隅に座り込んでいた。

「助けに来ました。怪我は？」

クレドが三人の前に膝をつくと、母親がほっとした顔をする。

「ああ、まさかクレド様が来てくださるなんて！」

「もう大丈夫です。ただ階段は使えないので、窓から出ます」

それからクレドは二人の子供たちの頭をそっと撫で、もう少し頑張れと励ます。

上の男の子はクレドのことを知っていたのか、彼の姿に目を輝かせている。逆に下の女の子は、顔なじみであるティナを見て不安げな顔を僅かに綻ばせた。

クレドと子供たちの様子を横目で見ながら、ティナはバルコニーへと続く窓を開けた。

見れば、バルコニーの手すりにははしごが掛けられ、その周りにはベッドのマットレスやクッションが敷き詰められている。

たぶん、階段が使えなくなるのを見越してクレドが指示を出したのだろう。

火事に気づいて駆けつけたとおぼしき騎士も待機しており、早く降りろと叫ぶ声が飛び交う。

「ティナ、まず奥さんから下ろすぞ！」

「はい、さあこちらへ！」

柵《さく》を乗り越える手伝いをしながら、足の竦む母親に「大丈夫ですよ」とティナは声をかける。次に子供たちが続くとわかっているせいか、母親は震えながらもすぐに下へと降り始めた。

下で待つ介添えの騎士によって怪我もなく母親が地面に降りると、続いてクレドが少年を抱き上げる。

「怖かったら目をつむるんだ、いいな？」

そんなやりとりを見ながら、ティナもまた少女を抱えようとする。

「……やだっ、ティトがいない！」

だが次の瞬間、抱え上げようとした少女が悲鳴を上げながら部屋の中へと戻る。

普段のティナならすぐに捕まえられただろうが、ドレスの裾に足を取られてたたらを踏み、伸ばした手は少女に届かなかった。

「待って、中は危ないの！」

慌てて追いかけると、少女はあろうことか廊下へ出ようとする。

その足下が不自然に軋《きし》んでいるのに気づき、まずいと思ったティナは少女を抱き上げる。

「ティナ！」

クレドの声が、屋敷の一部が崩れ落ちる激しい音の中に消えた。

少女だけは守らねばと小さな身体を抱き寄せた直後、衝撃と共に足下の感覚が消え、世界が暗転した。

「――ナ、――ティナ!!」

真っ暗な世界の中、誰かが激しく身体を揺する。

はっと目を開けると、目の前にはすすで汚れたクレドの顔がある。

ティナが目を開けたことにほっとしたのか、彼の顔に僅かな笑みが浮かんだ。

「ここは危ない、早く出るぞ！」

だがすぐまた真剣な顔に戻り、彼は子供ごとティナを抱え上げた。

どうやら落ちた先は書斎らしく、壁際に置かれた本棚が激しく燃えているのが見える。

もうほとんど火の海だったが、クレドはティナたちを抱いたまま扉を蹴破り、廊下に飛び出した。

廊下もまた火が激しかったが、彼が立ち止まることはない。崩落しかけた床を飛び越え、降りかかる火の粉からティナたちを守りながら彼は玄関ホールへと向かう。

　あまりの煙に周りはほとんど見えなかったが、クレドは迷うことなく足を進め、ついに屋敷の外へと飛び出した。

「ああよかった、無事だったのね！」

　既に外に出ていた母親と少年が、ティナたちを見て駆け寄ってくる。

「どうして中に戻ったの！」

　泣きながら母親が尋ねると、ティナの腕の中で少女が悲しげに顔をしかめる。

　そのとき、少女の頭に大きな手のひらが乗った。

「探しものがあったんだよな？」

　言いながら、クレドがシャツの胸元から引っ張り出したのは小さな子猫だった。

　それを見た少女の目がぱっと輝く。

　いつの間に助けていたのだろうと思ってクレドを見れば、彼は咳き込みながら苦笑する。

「ティナたちと一緒に落ちていくのが見えたから、とっさに懐《ふところ》に入れたんだ」

　嗄《か》れた声で言いながらクレドはティナと少女を地面に下ろす。同時にティナが少女から手を放すと、彼女は子猫と共に母親の胸へと飛び込んだ。

　家族の再会に胸を撫で下ろし、ティナはクレドに礼を言おうと改めて彼を見た。

　しかし次の瞬間、彼の巨軀《きょく》が膝からがっくりと崩れ落ちる。

「クレド隊長！」

慌てて駆け寄り、ティナは息を呑んだ。

見ればクレドの背中と腕は酷く焼けただれていたのだ。

(どうしてこんな……!)

助けを呼びながらクレドを抱き支えれば、やけどを負っているというのに彼は小さく笑っていた。

「……酷い怪我はないか?」

苦痛で掠れた声で、クレドが尋ねる。

それに「はい」と答えながら、ティナは気がついた。

二階から落ちたというのに、ティナの怪我が少なすぎるのだ。打ち身や細かいやけどはあるが、受け身を取った記憶はない。

「もしかしてあのとき、隊長が庇《かば》って……」

ティナを呼ぶ声はすぐ後ろで聞こえた。

ならばきっと、彼がティナを抱き寄せて守ったのだろう。たぶん、彼は背中から瓦礫《がれき》の上に落ちたのだ。なのにそのままティナたちを抱え、ここまで走りきったのだ。

「あのとき、私があの子の手を摑めなかったせいで……」

悔しさと情けなさに唇を嚙めば、クレドがそっとティナの頬に触れる。

「……だが、そのおかげで……猫は助かっただろ?」

こんなときでも、クレドはティナの気持ちを軽くしようとしてくれる。だがついに力がつきたのか、クレドの腕からゆっくりと力が抜ける。

ぐったりと目を閉じ意識を失ったクレドを支えるにはティナは非力すぎた。

そのまま押しつぶされそうになっていると、不意に重さが消える。

「安心しろ、後は代わる」

聞こえてきた声に顔を上げれば、そこにいたのはクレドの友人である騎士隊長のルーカだ。彼の他にもガハラド小隊の騎士たちがいる。

「ティナの家のほうで火事があったと聞いて、みんなで飛んできたんだ。こいつもティナも俺たちが病院に運んでやるから、ひとまず安心しろ」

そう言いながら、ルーカとかつての仲間たちがティナの腕からクレドを奪い担架《たんか》に乗せる。

手伝いたかったのに、ティナもまた余力を失っていく。そして彼女は、運ばれていくクレドを見つめながらゆっくりと意識を失った。

◇◇◇

痛みと熱で朦朧《もうろう》とする意識の中、クレドは暗い部屋の中に一人しゃがみ込んでいた。

部屋というにはあまりに寒くて息苦しいその場所で、気がつけば息をひそめ彼は耳を塞いでいる。

『お願いっ……いやっ……ああっ……いや……痛い……痛い……痛い!!!』

それでも聞こえてくる声は苦痛に満ちていて、彼は僅かに息を呑んだ。

同時にむせかえるような血の匂いが鼻腔《びこう》を刺激し、激しい吐き気がこみ上げる。

それを必死にこらえているうちに、クレドは思い出す。

この光景は、彼がよく見る悪夢だと。

(これは……これは夢だ……。現実じゃない……ただの夢だ……)

だから目覚めなければ、起きなければとクレドは歯を食いしばる。

気持ちが不安定になると、彼は決まってこの夢を見る。

だが夢は夢だ、現実ではない。

誰のものとも知れぬこの声は幻で、目覚めれば消える。

早く意識を覚醒させなければと思い、クレドはきつく目と耳を閉じる。

そうしていると声は遠ざかり、代わりに誰かがクレドの頬を撫でているのを感じる。

(この指先……ティナか……?)

彼女が側にいる。自分に触れている。

それを感じた瞬間、悪夢は消え意識は覚醒へと向かう。

しかし目を開けた瞬間待っていたのはティナではなく、激しい痛みとこちらを見る弟の顔である。

「ああよかった、ようやく目が覚めたんだね」

「……ティナは？」

「さんざん心配かけて、最初の言葉がそれってどうなの……？」

　向けられた苦笑を見つめながら、クレドは自分が見覚えのない病室に寝かされていることに気づく。

「……酷い怪我をしたの、覚えてる？」

「ティナは無事か？」

「無事だけど、それより……」

「無事かこの目で確認したい」

「兄さん、ちょっとは自分のことに目を向け――」

「ティナに会いたい」

　なおも主張したが、ラザロは呆れた顔でため息をつくばかりだ。

　このままではらちがあかないと思い、クレドは身体を起こそうとする。だが次の瞬間激痛が走り、クレドは半身を持ち上げることさえできなかった。

「なに動こうとしているんだよ！　僕今、酷い怪我をしたって言ったよね!?」

「ティナの無事を確認したくてつい」

「ついじゃすまないよ！　動けるようになるまで三週間はかかる大怪我なんだよ！　それにティナさんは無事だから！　手当てもすんで今は家にいるから！」

　家に帰れたなら確かに無事なのだろう。それにほっとしながら、クレドは先ほどの感触を思い出す。

「さっき、ティナがここにいたか？」

「ああ、うん。ずっと付き添ってくれていたんだよ」

「なぜ起こしてくれなかった」

「兄さんは起きられる状態じゃないんだよ。そもそもこんな短時間で意識が戻ってる時点でおかしいんだよ！　火事からまだ半日しか経ってないし！」

「安心しろ、わりと元気だ」

食事をして力をつければ、ベッドから起きられそうな気がすると言えば、ラザロは唖然とした顔をする。

「だからちょっと、ティナに会いに行ってもいいか？」

「いいわけないでしょ!!　やけどの治療もこれから本格的にしなきゃいけないし、しばらくは絶対安静だから！」

「いやでも、ほんの少しだけでも……」

「だめだから！」

ラザロが頑ななので、クレドは自分が平気だと示すためにもう一度身体を起こそうとする。痛みは激しいが、今度は何とか起きられそうだった。

「誰か、誰か来て!!　兄さんを止めて!!」

だがラザロが叫んだせいで、廊下に待機していたらしいクレドの部下とルーカが駆け込んでくる。

「えっ、お前死にかけてたんじゃねぇの？」

「死ぬかこれしきのことで！」

ルーカの指摘に大声で言い返した途端、全身に激痛が走りさすがのクレドも悶絶する。

「いや死ぬから！　無理したら今度こそ死んじゃうかもしれないから！」

ラザロがそう主張するせいで、結局クレドはルーカと部下たちの手によって無理やりベッドに縛りつけられる羽目になった。

それに不満を感じつつも、確かにここで動いて怪我が悪化すればティナに余計な心配をかけてしまう気もする。

（でもせめて一言『俺は大丈夫だ』と言ってやらないと……。そうじゃなきゃあいつは、絶対自分を責める……）

だから早く怪我を治して会いに行かねばと思ううちに、再び意識が薄れていく。

（早く……早くティナに会わないと……）

そればかりを考えていたが、結局クレドは激痛に負け意識を手放したのだった。

第五章

「ねえお姉様、クレド様のお見舞いに行かなくていいの？」

「ルル、今は刺繍の練習の時間でしょ。口より手を動かして」

「……刺繍、あんなに嫌いだって言っていたくせに」

「最近は楽しいの。それにほら、上達もしたでしょ」

「うん、でもむしろ上達しすぎてちょっと怖い」

ローグ国の紋章である獅子と蛇を完璧に模写した刺繍を見て、ルルが子供らしからぬ難しい顔をする。

「そこまで上達したなら、もう練習なんていいじゃない。それよりお見舞いに……」

「もうすぐ先生が来る時間でしょ？　今日はダンスの練習だし、さぼれないわ」

「ダンスだってもう十分上達したじゃない」

「まだまだよ。完璧な淑女になるには、もっともっと努力が必要だわ」

「ねえ、お姉様やっぱり変よ。完璧な淑女になれないって言いながら、大股広げてだらけていたお姉様はどこに行ってしまったの？」

「ルル、淑女はそんなことしないわ」

慎ましい仕草で告げた途端、ルルが「ひぇっ」と小さな悲鳴を上げる。

「ねえ本当に大丈夫？　病気なの？　それともあの火事で頭でも打ったの？」

「頭は打っていないわ。……ただまあ、あの火事のおかげで変われたのは事実だけれど」

火事から約二週間が経ち、このところティナは女らしさを手に入れようと今まで以上に励んでいる。そうしようと決めたのは、自分の失敗のせいでクレドに大怪我を負わせてしまったからだ。

（クレド隊長がいなかったら、私だけじゃなくてあの子も死んでいたかもしれない……）

それもこれも、ティナの驕《おご》りが招いたことだ。

待っていろと何度も言われたのに反発を覚えるばかりで、言われたことの意味をしっかり捉えなかった自分があまりに情けない。

それを改めて反省すると共に、ティナはようやく覚悟を決めたのだ。

（やっぱり私は騎士には相応しくない。だからもう戻ろうなんて馬鹿なことは考えない）

クレドとの触れ合いに慣れたら部下に戻れるかもしれないと一度は思っていたけれど、問題はそれだけではないと今は思う。

（私は騎士としてあまりに短絡的すぎる。感情的だし、すぐ突っ走っちゃうし……）

一方クレドは、仕事においては常に冷静だしどんな状況でも最善の判断を下せる人だ。そしてもしティナが危険に陥ったら、自分を顧《かえり》みず助けようとする人なのだとあの火事で改めて痛感した。運良く彼は命を落とさずにすんだが、次はどうなるかわからない。

(もし私が側にいたら、今度こそ隊長は無事ではすまないかもしれない)

そう思うと騎士に戻りたいとは願えなくなった。でも心のどこかには未練が残っているので、それを消すために今度こそ淑女らしくなろうとティナは決めたのだ。

(結婚して家庭を持てば、不相応な夢なんてもう見ないでいられるわ)

だから今まで以上に本気で勉強に励み、この二週間でティナの振る舞いは見違えるほどになっていた。

元来ティナは努力家で器用なのだ。血の滲《にじ》むような努力さえすれば、どんなことでもできてしまう。

ただ今までは、そこまでの気持ちになれなかっただけなのだと気がついて、ティナは更に自分が許せなくなっていた。

(全ては自分の力不足で、本当はクレド隊長を利用する必要もなかったんだわ。だからこれからは一人で頑張らなくちゃ)

そんな気持ちもあるから、クレドの見舞いにも行っていない。

火事のときも彼は最後までティナを責めなかった。そしてきっと今度も彼は責めない。

その上でまた、彼はティナが必要だと言うだろう。本当はいらないのに、彼はなぜだかそう誤解している。

（けどその誤解も解かないと……）

彼は一人で立てるし、むしろティナがいないほうがいい。

それをわからせるためにも、クレドがティナに頼れない状況を作らなければと近頃はそればかり考えている。

「……ねえ、本当に大丈夫？」

不安そうな顔でルルがじっとティナを見つめる。それに淑女らしい慎ましい笑顔を返せば、ルルは顔をしかめた。

「そんな顔、お姉様らしくないわ」

「そんなことはなくてよ？」

「そのしゃべり方も、お姉様らしくない……」

むしろルルのほうが、珍しく子供のように拗ねた顔をしている。それを指摘しようと思った矢先、突然部屋の扉が叩かれた。

「ティナ!!　やったぞ!!　ついにお前と結婚したいという男が現れた!!」

入室許可を出すより早く、そう言って部屋に飛び込んできたのはティナの父である。

「嘘でしょ!?　お姉様に？」

ティナより先に反応したルルは、父が手にしていた便箋《びんせん》をひったくり、それを読みながら唖然とする。

「待って、求婚してきたのはロデンバール公爵家の次男なの!?　あの大金持ちの？」

「またとない相手だろう！」

「それはそうだけど、そんな美味しい話ありえる？　だってお姉様なのよ？」

再度確認するルルに、ティナはさすがにむっとする。

「私だって、ここ最近は女らしくなったって巷で評判なのよ」

「そうだぞルル。ティナだって努力していたし、手紙にもカフェにいるのを見て一目惚れしたと書いてあるじゃないか」

「でもロデンバール家の方々って、顔はいいけど性格に難があるし一目惚れとかするタイプには見えないわ。末のラッセルと一度デートしたけど、三時間も自分の自慢話しかしなかったし、他の兄弟も絶対顔だけの男よ！」

「ルル、求婚者の方を悪く言うものではないよ。それにこの機会を逃したら、ティナと結婚したいと言ってくれる相手はもう現れないに違いないんだ！」

断言されると少々複雑な気持ちになるが、ティナも同じ考えではある。

(私を選ぶくらいだし、ルルが言うとおり何か問題があるのかもしれない。けれどきっと、私を好きだなんて言ってくれる人はもう二度と現れないわ)

そう思うと、断るという選択肢はありえない。

「お話、進めていただけますか？」

「ねえ、本当にいいの？　だってお姉様にはクレド様が……」

「何を勘違いしているかわからないけど、隊長とは上官と部下以上の関係ではないわ」

半ば自分に言い聞かせるように言って、ティナは父の手をそっと握った。

「ぜひ、お話を進めてください」

◇◇◇

兄の部屋から疲れ果てた顔のルーカと医者が出てくる姿を見ながら、ラザロは一人頭を抱えていた。

「馬用の鎮静剤を打ったのでとりあえずは大丈夫だと思いますが、念のため拘束は絶対に外さないようにお願いします」

医者の言葉に頷きながら部屋の中を見たラザロは、荒れ果てた部屋の奥で眠るクレドに目を向けため息をついた。

火事から約二週間が経ち、クレドの傷は順調に回復している。順調どころか驚異の速度で、医者たちは毎日目を剥いているほどだ。

とはいえ、もともとの傷の大きさを考えると動けるほどではない。

だからベッドから出るなと言われているのだが、二週間もティナの顔を見ていない反動で、クレドは隙を見ては逃げ出そうとするのである。

怪我のせいで体力も筋力も落ちているはずなのに、簡単な手錠《てじょう》や拘束具はすぐ壊してしまうし、事情を知ってクレドの監視に来てくれたルーカたちの目をかいくぐるのが恐ろしく上手い。

事態を重く見た医者が薬を使って意識を飛ばしているが、そのせいで逆に正常な判断ができないのか、取り押さえに来た部下を投げ飛ばしてまで脱走することもある。

とはいえ傷を負った身体では遠くへも行けず、たいていの場合、クレドの屋敷から少し離れた道ばたでばったり倒れたりしているから始末が悪い。

一度は馬車に轢《ひ》かれかけたこともあり、それ以降、より強い薬を打ってそもそも意識が戻らないようにしている始末である。

「ティナ……ティ……ナ……」

しかし完全に意識を失っているわけではないようで、クレドはこうして辛そうな声でティナの名を呼んでいる。

「馬用の鎮静剤を打っても動けるって、あいつ人間か？」

クレドを取り押さえるために、ここ数日、屋敷に寝泊まりしているルーカがぽつりとこぼす。

「人間だと思いたいけど、僕だんだん自信なくなってきた……」

ため息をこぼしながら、ラザロはベッド脇に置かれた椅子に腰を下ろす。

ベッドの支柱から伸びる鎖で四肢を拘束された兄の姿を見て、ラザロはなんとも言えない複雑な気分になる。

（この感じ、久々だな……）

前にも一度、兄がこうして身体を拘束されている姿をラザロは見たことがあった。

あれはちょうど、二人の両親が亡くなった頃。そのときはまだ自分は赤子に近く、クレドも幼かった。

二人の両親は、屋敷に忍び込んだ盗賊の手にかかって亡くなった。

その夜に起きた出来事はあまりにむごたらしいもので、詳細は公表されていないしラザロもまた聞かされていない。

だがクレドは両親が殺された現場に居合わせ、そのせいで心と身体に大きな傷を負ったのだ。特に心の傷は深刻で、当時は夜になると恐怖で泣き叫び、あげくの果てには我を忘れて暴れるようになってしまった。

幼い頃の兄は、おかしくなるたびに医者たちの手によって拘束され、今のように薬で眠らされていた。

苦しむ兄の姿を見るのは辛かったが、クレドもたった一人残った幼い弟に自分の壊れた姿を見せるのは苦痛だったのだろう。

意識があるときは不甲斐ない兄でごめんと何度も謝られ、心と身体の傷が癒えてからは当時の償いをするように身体の弱いラザロの世話を焼いてくれた。

両親の残した資産のおかげで暮らすのに不自由はなかったが、若くして当主となったクレドの負担は大きなものだっただろう。

またクレドは当主になるだけではなく、騎士になることも両親から期待されていた。ガルヴァーニ家は十二騎士の末裔とされる名家でありながら、三代前の当主が身体を壊して以来病弱な子供ばかりが続いていた。

クレドたちの父も身体が弱く、ガルヴァーニ家には長らく騎士が不在だったため、生まれたときから人並み外れて大きくて健康だったクレドは一族の希望の星だったのだ。

故に父はクレドが騎士になることを切望していた。それをクレドが無下にできるわけがなく、心と身体の傷が癒えるとクレドはすぐ騎士団に入ったのだ。

過去の出来事のせいでクレドは頭に血が上ると我を忘れることがあり、かなり苦労もしたようだが、ティナが現れてからはそれもなくなり、ラザロの目から見てもクレドはまともになったように見えた。

(でも完全に普通ってわけじゃないんだな……)

うわごとでティナの名を呼んでいるクレドを眺めながら、ラザロはため息を重ねる。

「そのうち来てくれるから、そんなに辛そうにしないでよ」

思わず声をかけると、クレドの目が僅かに開き虚ろな目がラザロを見つめる。

「いや……こない……」

返ってきた声に、成り行きを見守っていたルーカがクレドの顔を覗き込む。

「そんなことないって。ティナはお前の一番の部下だったし、そのうち来てくれるさ」

「あいつは、絶対に……こない……」

苦しげな声で、クレドは繰り返す。

悲痛な顔を見ていられずラザロとルーカが慰めの言葉を探していると、クレドが呻いた。

「……今頃、ティナは……泣いてる」

「泣いてる？」

ラザロが尋ねると、クレドが苦しげに息を吐いた。

「あいつは……責任感が……強すぎるから……」

そこでついに限界が来たのか、クレドはゆっくりと目を閉じる。

「俺が慰《なぐさ》めて……やらないと……」

彼の言葉を反芻《はんすう》していたラザロは、このところ毎日のように届いていたルルからの手紙を思い出した。

ルルの手紙には、気丈にふるまいながらも酷く落ち込んでいるティナの様子が綴《つづ》られていて、とてもではないがクレドには伝えられないと思っていた。

（でも兄さんはわかっていたんだ……。わかっていたから、会いたがっていたんだ……）

好きな子に会いたい気持ちだけで脱走を繰り返していたのかと思ったが、きっとクレドはティナが心配で彼女に会いたかったのだろう。

そういえば昔、クレドが「あいつは責任感が強すぎる上に潔癖《けっぺき》すぎる」とこぼしていた記憶がある。

（いっそ行かせたほうがいいのかな……。いやでも、お医者様からは無理はさせちゃダメって言われているし……)

かといってこのままティナとの仲が拗れて、万が一にも一生会ってもらえないなんてことになったら、今度こそクレドは壊れてしまうのではないかと不安になる。

(ひとまず、僕が様子を見に行ってみようかな。このところは身体の調子もいいし、ティナさんの家に行くくらいなら……)

などと考えつつ、ルーカがクレドの身体に毛布を掛けるのを眺めていると、にわかに外の様子が騒がしくなった。

「ラザロ様——!!」

突然聞こえてきた声で、ラザロの思考は中断される。

遠くから響いた声は子供を思わせる甲高いもので、彼は思わず首をかしげた。

ルーカにその場を任せて部屋を出る。声がしているのは玄関ホールのほうらしい。騎士たちの慌てた声も聞こえてくる。どうやら声の主は突然屋敷に押しかけてきたようだ。

「いったい何事ですか?」

ホールへと続く階段を降りながら尋ねると、騎士の一人が困った顔でラザロを仰ぎ見る。

「女の子が突然屋敷に入ってきたんです。自分はラザロ様の『愛しの君』だとか馬鹿げたことを言って、あなたに会わせてほしいって……」

「馬鹿げたことじゃないわ! ラザロ様は、お手紙で私をそう呼ぶもの!」

張り上げた声の幼さに驚くと同時に、ラザロは騎士に腕を掴まれている小さな少女を見て、息を呑んだ。

「……か、可愛い」

「知ってるわよそんなこと！」

堂々と言い切る姿も可愛いと思ってしまってから、ラザロははっと我に返る。

（いや待って……。手紙……それに『愛しの君』って……）

「まさか、ルルさん？」

「今更気づいたの!?」

驚くルルの顔を見た瞬間、ラザロは階段から足を滑らせる。

無様に尻餅をつくと騎士が助け起こしてくれたが、それを情けないと悲観する余裕もなかった。

「て、てっきりもう少し大人かと……」

「私はもう立派な大人よ。ティナお姉様よりもしっかりしているし綺麗だし、もう十分大人のレディでしょ？」

ティナという名前に、ルルの腕を握っていた騎士が慌てて手を放して飛び退く。

「それよりも大変なのよ。お姉様がね、婚約してしまいそうなの！」

ルルの言葉に、ラザロだけでなく騎士たちも慄く。

「えっ、副官は隊長と結婚するんじゃ……？」

などと言い出している騎士もいるのを見る限り、二人が相思相愛なのは周知の事実なのだろう。

「私もそう思っていたんだけど、このところお姉様が妙に結婚を急いでいて……。そんな矢先に、空気の読めないお父様がついに相手を見つけてしまったのよ」

「そ、その顔だとあまり良い相手ではないようですね」

ラザロの言葉に、ルルが顔をしかめる。

「ロデンバール家の次男なの」

ルルが告げた途端、騎士たちも露骨に顔をしかめる。

ロデンバール家といえば十二騎士を先祖に持つ公爵家で、王家に連なる家系でもある。男爵であるティナの家から見れば良縁と言えるが、この様子では何か別の問題があるのだろう。

その理由を問おうとすると、空気を読んだクレドの部下がおずおずと口を開いた。

「ロデンバール家の男たちは、クレド隊長をあまり快く思っていないんですよ。自分たちより身分が低いのに、先に出世したのが気に入らないらしくて」

「それを聞いただけで、出世できない理由がなんとなくわかりますね……」

「ロデンバールの次男坊は一時期隊長の下にいたんですが、剣も体術もからっきしなのに態度だけ無駄にでかくて隊長が頭を抱えてました」

「そういえば、一時期出来の悪い部下がいて困るって家でこぼしていたっけ……」

ちなみにその次にやってきた新人がティナで、前回とは違ってすごく良い子が来たと泣いて喜んでいた。

「騎士なのに女絡みの不祥事を起こして、そいつ結局すぐクビになったんですよ。なのに自分が騎士をやめさせられたのは隊長が裏で画策したからだってうそぶいてて」

騎士の言葉に、ルルが「許せない……」とドレスの裾をぎゅっと掴む。

「だとしたら絶対、この婚約も裏があるわ。だってその人、お姉様に一目惚れしたとか言っていたのよ!?　あのお姉様に一目惚れよ!?　嘘くさいったらないでしょ!?」

ルルの言葉に「そりゃくせぇな」「ぜってぇ嘘だな」とこぼす騎士たち。

ラザロはクレドからティナは可愛くて可憐だという話ばかり聞いているが、どうやらティナに対する周りの認識と兄の認識は少々違うようだ。

「でも止めると言っても、兄さんとティナさんは付き合っているわけではないし……」

貴族同士の婚約に他人がしゃしゃり出て大丈夫なのかとラザロは思うが、ルルと騎士たちは「止めに行こう」と乗り気だ。

「隊長はまだ動けねぇし、俺たちがどうにかしねぇと！」

騎士たちの今にも剣を抜きそうな勢いに、ラザロは止めるべきか兄のために彼らを応援すべきかわからない。

（いや、そもそもまず兄さんに相談すべきかな）

でもさすがにしばらくは起きてこないかなと思った瞬間、突然二階の窓が派手に割れる音がした。

いったい何事かと驚いた直後、庭師の男が「いけません旦那様《だんな》ぁぁ！」と叫んでいる声がする。もちろん、この家で旦那様と呼ばれているのはクレドである。

「……クレド様、もしかして今の話を聞いてたんじゃない？」

ぽつりとルルがこぼした直後、突然二階にいたはずのルーカが玄関の扉から現れる。

「あの野郎、容赦なく俺を窓から投げやがった！　下手すりゃ死んでるとこだぞ！」

怒りながらも無傷なルーカを見て、この人も人間なのだろうかとラザロはこっそり疑う。

「と、とりあえず、ルーカさんは一応病院へ……」

「んなことより、クレドを止めないとやべぇぞ。お前らの声がデカいから、部屋まで色々聞こえてきたし」

「じゃあやっぱり兄さんは」

「すごい速度で塀を登って外に出てったぞ」

「兄さん、鎮静剤を打たれていたはずなんだけど……」

「野獣に鎮静剤は効かねぇよ。それにあいつ、ティナが絡むとおかしくなるし」

「た、確かに……」

思わずため息をこぼせば「まあ後は任せろ」と言って、ルーカがクレドの部下たちを連れて追跡を開始する。

それを見送ってから、ラザロはふと気づく。

（……ってあれ、気がつけばルルちゃんと二人きり……になってない？）

じわじわと赤くなっていく頬を右手で隠しながら、ラザロはパニックで目を白黒させる。

「どうなさったの？」

ラザロの変化に気づいてルルが首をかしげたが、彼の耳には何も入っていない。

（ど、どうしよう！　そういえば僕、まだちゃんと挨拶もしてない……！　でもできる気がしないよ！　こんな可愛い女の子と二人とか無理だよ!?　どうしよう……息が……息ができない!!）

「……恋でおかしくなるのは、家系なのかしら」

そんなラザロを見てルルが若干呆れた顔をしていたが、ラザロがそれに気づくことは最後までなかった。

◇◇◇

レイノール＝ロデンバール。

自分の婚約者になるかもしれない男の顔を見た瞬間、ティナが感じたのは失望だった。

（ロデンバール家の次男って、こいつだったのね……）

失望とため息を呑み込みながらティナがレイノールと向き合っていたのは、ロデンバール家が主催するチャリティパーティでのことである。

この時期、街には北から乾いた風が吹き込むため例年火事が多い。だが今年は既に去年の倍の被害が出ており、それも貴族の屋敷ばかりが被害に遭っていた。

不審火の可能性もあって捜査はしているようだが、中には家財だけでなく家族を失った者もおり、そんな人たちを支援するためのチャリティを行うというのが、パーティの趣旨のようだ。

しかし寄付を募ると言いながらも、人々が持ち寄った寄付金や品物に遠回しな嫌みとケチばかりつけているロデンバール家の奥方や、酒に酔って騒いでいる当主の姿にティナは正直不快な印象を抱いていた。

それでも形ばかりは笑顔を取り繕って参加していたが、話しかけてきたレイノールと向き合った途端、笑顔のメッキが剝がれる。

「ははっ、ホントに来やがったよこいつ」

取り巻きの若い貴族と共にやってきたレイノールが最初に放った言葉がそれである。

だが人を小馬鹿にするような言葉にも、ティナは正直驚かなかった。顔を見た瞬間、ティナは彼の口から礼儀正しい挨拶が飛び出すはずがないと思ったからである。

(この人、確か会うたびにクレド隊長に喧嘩を売ってた人よね)

素行の悪さをクレドに酷く怒られた上に不祥事を起こして、三ヶ月も経たずに騎士をやめさせられた男だと教えてくれたのは、たしかルーカだったと思う。

(そのことでクレド隊長を逆恨みしているって聞いてたけど、もしかして……)

ニヤニヤと自分を見つめているレイノールを見れば、彼が自分を呼び出したのが好意によるものではないことはすぐわかる。

こんなことなら事前にもう少し身辺調査をすべきだったと後悔したが、もはや遅すぎる。

「でも前に見たときよりはだいぶ可愛くなったな。これなら、抱いてやってもいいかも」

挨拶もなしに失礼な言葉ばかり並べ立てるレイノールを見て、ティナは呆れ果てて何も言えなくなる。

落胆や悲しみよりも、こんな男に引っかかった自分が情けない。

「でもそうよね、この私に声をかける男がまともなわけないわよね」

うっかり本音がこぼれると、レイノールとその取り巻きたちの表情が変わる。

ものすごく怒っているようだが、むしろ怒るべきはティナのほうだろう。

いつまでも彼の家族が現れないところを見ると、婚約の話も今日ここに呼ばれたのもレイノール個人による嫌がらせに違いない。由緒ある家名まで使ってこんな小さな嫌がらせをするなんて、なんて馬鹿な男なのかと呆れるばかりだ。

「とりあえず帰ります。寄付はすませましたので、ご両親によろしく」

しょうもない男には関わらないに限ると思い、ティナはきびすを返す。

そのまままさっさと帰ろうと思ったが、そこで突然レイノールがティナの腕を摑んだ。

もちろん振りほどけたが、気がつけば四方を取り巻きに囲まれていた。

（いっそ殴り倒す……？　でもさすがに、私が悪者になるかしら……）

ロデンバール家の庭園で行われているパーティには、多くの貴族たちが集まっている。

そんなところで主催者の息子を殴り飛ばしたなんて知られたら、今度こそ本当に結婚相手が見つからなくなるだろう。

「ここに来たってことは下心があったんだろ。可愛がってやるから、ついて来いよ」

相手がレイノールだと知っていたら来なかったと言ってやりたいが、まずは様子を見ようと、ティナはレイノールにしぶしぶついて行く。

短絡的と言うべきか、思慮が浅いと言うべきか、彼が向かったのはロデンバール家のお屋敷のほうだ。

こちらにも料理などが用意されているが、庭園に比べたら人はまばらだった。

(ここでなら殴ってもいいかな？　いやでも、人に見られない場所でのほうがいいかな)

そもそもレイノールと取り巻きたちは自分を人気のないところに連れ込む気満々だし、ティナが大人しくしているせいですっかり油断している。

だとしたら密室に連れ込まれたタイミングで、逆に押し倒してボッコボコにしてやったほうがいいかもしれない。

(いや、ボッコボコはまずいか。気づく間もなく意識を落としたほうが、証拠も残らないかも)

などと物騒なことを考えているのは顔に出さず、ティナはレイノールたちに付き従う。

だが人気のない廊下を歩いているとき、突然レイノールが立ち止まった。

「おい、お前何をしている！」

何やら焦った声に驚いてレイノールの視線の先を見れば、そこにいたのは小さな少女を抱えた一人の男だった。

「あの子、ミネルバ家のフィオナじゃないか……？」

聞こえてきた名前は、ルルの友人でもあるお淑《しと》やかな令嬢のものだ。まかり間違ってもパーティで羽目を外し、男とこそこそ寝室へ入る年齢ではない。

さすがにおかしいと気づいたのか、レイノールの取り巻きたちが男に近づこうとする。

「来るな！」

だが少女を抱えていた男が腰の剣を引き抜き、レイノールたちは慌てて立ち止まった。

（あの剣、この国のものじゃない。もしかして、騎士団が追っている東国からきた人身売買の組織なんじゃ……）

だとしたら助けなければと思うが、レイノールたちにその度胸がないのは明らかだ。

「何もできないなら、そこをどきなさい」

仕方なくティナはレイノールの手を振り払い、男に向かって駆け出した。

まさか女が向かってくるとは思わなかったのか、男は明らかに動揺している。

その隙を突いて一気に距離を詰め、ティナは容赦のない蹴りを男の脇腹に放った。

慌てた様子で薙いだ男の剣を避け、顔面に拳を叩き込めば男は無様に倒れ込む。

その手からすばやく少女を奪い、ティナはレイノールたちを振り返った。

「この子を連れて、できるだけ遠くに逃げて！」

手応えはあったが、男にはまだ反撃に出る余力がある。

それを見越して声をかけたのだが、レイノールたちが動く気配はまったくない。

どうやら揃いも揃って、この状況に腰を抜かしてしまったらしい。

（ほんと役に立たない男どもね……！）

呆れ果てたティナの背後で、殺気が膨れ上がったのはその直後だった。

とっさに女の子を抱えて横に転がると、肩口に鋭い痛みを感じた。

ドレスは無事ではすまなかったが、運良く傷は浅い。

（でもこれなら……武器になるかも）

火事のときはドレスのせいで失敗したが、同じ過ちは繰り返さない。

そんな覚悟で、ティナは自分の胸元に手を差し入れた。

そのまま裂けたところから布を引きちぎると、男が振り上げた剣に向かって、裂いたドレスを巻きつける。

巻きつけた布を引けば男の手から剣が落ち、ティナはそれをすぐさま拾った。

「形勢逆転ですよ」

奪った剣を構えれば、予想外の反撃に戸惑った男がジリジリと後退する。

ティナは勝ちを確信し、剣を持つ手に力を込めた。

「おい、そこをどけ！」

だがそこで問題が起きた。勝ちを確認したのは、ティナだけではなかったのだ。

「剣がなければこっちのものだ！」

今までさんざん腰が引けていたくせに、勝ち目があるとみるやいなやレイノールが男に殴りかかったのだ。

隙の多すぎる身のこなしに嫌な予感を覚えた直後、レイノールは見事顔面に一撃を食らって転倒する。

慌てて助けに走った隙に男は逃げ出してしまい、焦ったのはティナだ。もちろん後を追おうとするが、一撃を食らったレイノールに「痛いいい」と泣き叫びながら縋りつかれたせいでそれも叶わない。

「どこまで邪魔な男なの！」

泣きながら「怖い、痛い」と縋りついてくるレイノールを引き剝がそうと、ティナは悪戦苦闘する。

何せ身体に残っているドレスは切れ端で、今のティナはほぼ下着姿なのだ。そんな状態で男に触られるのはとてつもなく気持ちが悪い。

クレドに触られたときは指先の感触だけで心地よさを感じたが、好きではない相手だとこんなにも感覚が違うのかと驚きを覚える。

もういっそ、殴って気絶させてやろうかと考え始めていると、最悪なことに騒ぎを聞きつけた客たちが廊下へとやってきた。

ほぼ半裸な自分と縋りつくレイノールという構図は誤解を生むと察したが、身を隠すものは何もない。

「こ、これは……その……！」

事情を説明しようとしたが、説明の言葉は何ひとつ出てこなかった。そもそも、今の状況をティナだってちゃんと把握していないのだ。あの男は誰だったのか、女の子をどうしようとしていたのかもわからない。

「レイノールちゃん！」

疑問が多いせいでもたついていると、見覚えのある女性が人垣を割って現れた。

ティナの側に駆け寄ってきたのは、レイノールの母親ロデンバール夫人である。

夫人が来るやいなや「ママッ！」とレイノールが縋りつく相手を彼女に代えた。

それにほっとすべきか呆れるべきか悩んでいると、夫人の厳しい眼差しがティナを射貫く。

「あなた、ウチの息子に何をしようとしていたの!?」

この場合、レイノールが何かするほうだと思うのだが、夫人はティナを悪者だと決めつけている。

「何もしていません！　私はただ、不審者を見つけたのでその捕縛を試みようと……」

「我が家は騎士の家ですよ、不審者が簡単に入れるわけがありません！」

今度は説明の言葉が出てきたが、夫人はそれを嘘だと決めつけた。

（いやいやいや、この屋敷の警備……めちゃくちゃ雑じゃない！）

侵入可能な箇所なんていくらでもあったと言いたかったが、夫人はもちろん周りの人々の冷たい視線がそれを阻む。

「不審者というならあなたでしょう。人前で肌まで晒して、なんて卑《いや》しい娘なの！」

泣いているレイノールの頭を撫でながら、夫人はティナを家から追い出そうと警備の騎士たちを呼ぶ。

さすがにこの格好のまま外に放り出されたらたまらないと思ったが、破れたドレスはもはや着ることもできない。

「そう叫ばずとも、騎士ならここにいる」

だが夫人の声で現れたのは、予想外の人物だった。

（うそ、なんで……）

廊下の奥からやってきたのは、なんとクレドだったのだ。

ベッドの上で動けないはずの彼がなぜと思いつつ、彼を前にすると途端に自分の姿が恥ずかしくなる。

思わず目を伏せ赤面した瞬間、クレドが着ていたフロックコートを脱いだ。

そして彼は躊躇うことなくティナの肩にそれをかけ、肌が見えないようにしてくれる。

「遅れてすまない。お前が追いかけた不審者は、ルーカが無事捕まえた」

コートに包まれた身体を抱き寄せながら、クレドが優しく告げる。

「お、お知り合いなの？」

どうやら夫人は、クレドのことを知っているらしい。彼がティナに優しく声をかける姿を見て、見る間に青ざめていく。

「私の大事な部下だ。貴族の邸宅ばかりを狙う放火魔がいるというので、念のため潜入させていたのだが、無事に仕事をやり遂げてくれたらしい」

もちろん彼の言葉は嘘だが、それを感じさせないきっぱりとした口調だった。

おかげでティナに向けられた眼差しが和らぎ、今更のようにティナが彼の副官だと気づく者も現れ謝罪する者もいる。

唯一、レイノールだけが何か言いたげにしていたが、クレドが鋭く睨《にら》めば彼は殴られた顔を押さえたまま黙り込んだ。

「可能なら、ここで見たことは忘れてくれ。仕事上仕方なかったとはいえ、婚約者を卑しい女扱いされたあげく肌を見られたのは気分が悪い」

「こ、婚や――――!?」

予想外の発言と行動にティナは叫びそうになったが、それよりも早くクレドが彼女の身体を持ち上げる。

「彼女の身体が冷えるといけないので失礼する。捕まえた男は騎士団で対処する」

涼しい顔でティナを抱きかかえたまま、クレドはその場を後にする。

(婚約者……さっき婚約者って言ったわよね?)

一方、腕の中のティナは頭に浮かぶ数々の疑問を処理できず、一人混乱していた。

（いやでもきっと、あの場をやりすごす嘘よね。私の醜聞が広がらないようにって、そういう配慮よきっと）

冷静さを取り戻すために必死に自分に言い聞かせていると、クレドが心配そうな顔をティナに向ける。

「怪我はないか？」

慌てて頷くと同時に、ティナはクレドのほうが心配になってくる。

だがティナが何か言うより早く、クレドは笑顔を浮かべた。

「怪我ならもう治った」

「ほ、本当に？」

「ああ。ものすごく元気だ」

確かに、ティナを抱えたまま屋敷を後にしたクレドの足取りに不安なところはない。

それにほっとしているティナを抱え、クレドは彼が用意したらしい馬車へと乗り込んだ。

車内でもクレドがティナを手放す気配はなく、自然と彼の膝の上に座る形になる。そのときになって初めて、ティナはクレドの顔をよく見ることができた。

怪我は治ったと言うが彼の頬はこけ、明らかに痩《や》せている。

服はまともな物を着ているがよく見ればサイズが合っていないし、ひげの整え方も雑で顎にはいくつか傷までついている。

ティナが自分の容姿を見ていることに気づいたのか、そこでクレドは苦笑した。

「ティナがここにいると聞いて、慌てて身支度を調《ととの》えたものだから色々間に合わなかったんだ。服はルーカから剝ぎ取った物だし」

「剝ぎ取った!?」

「さすがに、部屋着でパーティ会場には入れないからな。俺を連れ戻そうと追いかけてきたルーカと部下をぶちのめして、着ていけそうな服を見繕った」

「連れ戻されそうになったってことは、やっぱり怪我は治ってないんでしょう!?」

家を脱走したに違いないと、察しのいいティナはすぐに気づく。

「なんでそんな身体で脱走なんてしたんですか！」

「ティナに会いたかったからだ」

そこで、クレドが拗ねたような顔をする。

「……もしかして、お見舞いに行かなかったこと根に持っています？」

「ものすごく持っている。……が、来なかったのは別にいい」

言いながら、ティナの頭にクレドの大きな手のひらが乗る。

「会いたかったのは、こうしたかったからだ」

そのまま優しく頭を撫でながら、クレドが浮かべたのは誇らしげな顔だった。

「火事のときはよく頑張った。それにさっきも、お前はあの不審者を捕まえるために奮闘したのだろうな。さすが、俺の自慢の部下だ」

クレドの言葉はティナにとってあまりに予想外のものだった。

けれど彼の言葉を聞いているうちに、ティナは気づいてしまう。

（どうしよう、こうされるとすごく嬉しい……）

褒められるどころか叱責《しっせき》されても仕方ないのに、自慢の部下だと言われると嬉しくて泣きそうになってしまう。

「私は、何も……」

「そんなことはない。火事のときはティナの案内があったから、部屋が崩れる前に親子を見つけられたんだ」

「でもヘマをしました」

「それをフォローするのが俺の役目だ。なのにできなかったのだから、責任は俺にある」

だから許してくれとまで言われてしまえば、ティナはもう何も言えない。

「それに失敗は今日挽回しただろう。この目で見てはいないが、お前がやるべきことをやったのはすぐにわかった」

「そのおかげで、今度こそ結婚できなくなるところでしたけど……」

褒められるのが気恥ずかしくて、冗談めかした言葉で濁す。

そのとき、不意にクレドの動きが止まった。

怪訝に思って彼の顔を見上げた直後、頭を撫でていた手が腰へと回される。

「レイノールと婚約したというのは、本当か？」

いつになく弱々しい声で尋ねられ、ティナは慌てて首を横に振る。

「いいえ、そもそもあれはただの嫌がらせだったんです。私もちゃんと確認していなくて、父にぬか喜びをさせてしまいました」

「なら、婚約は……」

「していません。むしろできるなんて思っていたことが、恥ずかしいです」

自分みたいな女と添い遂げようと考える人など、きっとこの世にはいないのだ。

なのに、来た話を鵜呑《うの》みにするなんてどうかしていたとティナは苦笑する。

「婚約はないのか、よかった……」

「よかったって、そんな嬉しそうな声出さないでくださいよ。もしかして隊長、先を越されたら嫌だって思っていました？」

「ああ、ものすごく嫌だ」

「安心してください。隊長はものすごくダメダメで婚期も逃しまくりですけど、私よりマシです。きっと、すぐに結婚できますよ」

「じゃあ、しようか」

クレドがまっすぐに、ティナの顔を見た。

「結婚しよう」

「べっ別に、私の顔を見ながら決意表明をしなくても……」

「お前以外の誰の顔を見てするんだ」

「普通は結婚したい相手を見てするものでしょう」

「だから見ている」

クレドの言葉に、ティナの時間が止まった。

呆然としたまま見つめ合い、ガタゴトと揺れる馬車の中で長い沈黙が流れる。

沈黙した二人を乗せたまま馬車はローグ国一美しいと言われる教会の前に止まった。

「旦那、教会に着きましたぜ」

御者の声に、クレドが礼を告げる。

その瞬間、ティナはようやく全てを理解した。

「私と結婚するんですか!?」

「他に誰がいる」

「いっぱいいるでしょう！」

「いるわけがないだろう。俺はティナと結婚したいのに」

言うが早いか、クレドはティナを抱えたまま馬車を降りる。だがそこで、ついにクレドの足が僅かにもつれた。

「ちょっと隊長、顔色がものすごく悪いですよ！」

「問題ない。それより今すぐ結婚の誓いを」

「私まだ返事をしていません！」

「嫌なのか……？」

「嫌ですよ！」

思わず叫んだ直後、教会へと続く階段の途中でクレドが膝から崩れ落ちる。

慌てて腕から飛び降り彼を支えたが、抱き寄せた身体は酷く熱を持っている。

「どうしよう、早く病院へ行かないと……」

「病院より、教会に行きたい」

「馬鹿言わないでください!!」

「馬鹿でいい。だから教会で、結婚しよう」

「隊長、熱で頭がおかしくなってるんですね！」

「熱のせいじゃない。俺はずっと前から、お前と生涯を共にすると決めていた……！」

熱で潤んだ瞳がティナを見つめ、逞しい腕が彼女を抱き締める。

「女だと知る前から、ずっと側に置こうと決めていたんだ……」

熱い吐息と共に、クレドが苦しげに声を絞り出す。

「お前が騎士団をやめると言い出したときも、本当は行くなと言いたかったし縋りついてでも止めたかったんだ……。俺は……お前がいないと生きていけないから……」

向けられた眼差しに、ティナもようやく彼の言葉が嘘ではないと察する。

「どうしてそこまで……」

「お前は俺の人生を変えてくれた。だからティナと出会って得た幸せを手放したくない」

大きく息を吐き、クレドはティナの前に跪《ひざまず》く。

「結婚しようティナ。そして一生、俺の側にいて欲しい」

ティナの指先に口づけを落とし、クレドは懇願する。

その言葉に、ティナはもう気持ちを隠せなかった。

「私も、隊長の側にずっといたいです」

「ならば結婚してくれるな？」

「でも、今は……」

「のんびりしていて一度逃げられたんだ。もう待てない」

ティナをもう一度抱き上げ、クレドは体調の悪さをものともせず教会の階段を駆け上る。

「今すぐ結婚の誓いを立てさせてくれ!!」

彼は教会に入るやいなや、大声で言い放った。

祈りに来ていた人々が驚き振り返り、視線が二人へと注がれる。

恥ずかしさのあまりティナは手で顔を覆ったが、クレドは満足げな顔でもう一度「結婚の誓いを立てたい！」と声を張り上げたのだった。

第六章

「あのね、こういうことには順序というものがあるの。特に私たちは貴族なのだから、然るべき手順と準備が必要なのよ？　おわかり？」

　結婚の報告のためにと集まってもらった両家の家族の前で、クレドとティナを本気で叱っているのはルルだった。

　昨日の一件で再びクレドが倒れたため、皆がいるのは彼の寝室である。そして両家の顔合わせの場だというのに、彼はまたしてもベッドに拘束されていた。

（とてもじゃないけど、結婚を報告する雰囲気じゃないわね）

　拘束されたクレドの傍《かたわ》らに立たされているティナは、少々滑稽な状況にこっそりため息をこぼす。

　だが意外にも、ティナの両親はこの状況を受け入れているらしい。

「まあ、いいじゃないかルル。うちの娘をもらってくれるなら、有り難いことだろう！」

「むしろガルヴァーニ家に嫁げるなんてティナにはもったいないほどの話だわ」

確かに同じ十二騎士の末裔でも、ガルヴァーニ家のほうが格上なのは事実だが、のほほんと笑う両親に、ルルは未だ呆れ顔である。

「嫁げるどころか、嫁いじゃったのが問題なんでしょ？　出だしがろくでもない結婚ほど、その後の生活が破綻しがちだって新聞で読んだわ！」

本当に十二歳かと疑わしくなる発言をしながら、ルルはティナとクレドをきつく睨む。

「それに許可なく結婚などしたら、クレド様のご両親が怒るのではないの？」

ルルが尋ねると、そこで慌てたようにティナの父が彼女の口を塞いだ。その様子を見て、苦笑を浮かべたのはラザロだ。

「その点は大丈夫だよ。両親は早くに亡くなって、兄さんがうちの当主だからね」

口を押さえられた理由を察したのか、ルルがごめんなさいと呟きながらしゅんとする。

「気にしないで。色々あってうちの事情はあまり口外していなかったし、知らないのも無理はないよね。今も時々『野獣な兄と病弱な弟の兄弟を持ってご両親は大変でしょうね』なんて嫌みを言ってくる人もいるし」

ルルを元気づけるように、ラザロはあえて冗談めかして告げる。

「それにきっと、死んだ父と母も喜んでいると思うんだ。僕もこんな身体だし、兄さんは性格が残念だし、このままでは二人とも子をなせずにガルヴァーニ家は廃《すた》れてしまうかと思っていたしね」

ラザロの言葉に、クレドもまた大きく頷いている。

その顔を見た瞬間、今更のようにティナは結婚したからにはそれなりの義務が生じることに思い至った。

(子作り……私にできるのかしら)

というか、クレドが自分に対してそういう気持ちになるのだろうかと、不安になる。

ずっと一緒にいたいと言われた喜びに浮かれ、彼の強引な求婚を受けてしまったけれど、よくよく思い起こせば彼の口からはティナへの好意の言葉は出ていない。

告白の内容から察するに、クレドはティナを男だと思っていたときから彼女を側に置き続けるつもりだったのだろうが、それがどういう感情からくるものなのかは未だに疑問だ。

(好意はあるみたいだけど、男性に向けるものと同じってこと？)

かといって今更「私のことを女性として好きですか？」と聞く勇気はティナにはない。

ここで違うと言われたらあまりに辛すぎるし、それが原因で気まずくなったら今後の結婚生活に支障が出るのは明らかだ。

(好意のない相手と結婚するなんてよくあることだし、今ある良好な関係をあえて壊す必要はないわよね……)

クレドを窺い見れば、彼は幸せそうな顔でティナを見つめている。

拘束された状態なので格好はつかないが、それでも彼は彼女との結婚を心から喜んでくれているらしい。

「こんな俺だが、今後ともよろしく頼む」

「こ、こちらこそ……」

妙に照れくさい気持ちになったが、こそばゆいやりとりさえ今はとても嬉しかった。

「とりあえず、お式はクレド様が元気になってからにしましょう。準備にも時間がかかるし、ティナはこの手のことに疎《うと》いから私たちが計画を立てるわ」

ティナの母がそうまとめると、ティナは慌ててそれに頷く。

結婚を急いでいたティナだが、自分磨きだけで精一杯で結婚後の流れや式についての知識は何もない。

それを察しているからか、ティナの母とルル、そしてラザロが何やら楽しげに式の計画を練り始める。

(自分のことだけど、完全に入っていけない……)

だからティナは居心地の悪さを感じつつ、母たちからそっと距離を取る。

「そ、それじゃあ私は先に帰ろうかな……」

会話には入れないし、倒れたクレドに付き添っていたため昨日から家に帰っていない。だから早めにお暇《いとま》しようと思っていた瞬間、バキッと何かが折れる音が響いた。

「なぜ帰るんだ？」

同時に手をぎゅっと掴まれ、ティナは驚き目を剝く。

手を掴んでいたのは、もちろんクレドである。

気がつけば拘束具は引きちぎられ、その衝撃でベッドの支柱が折れていた。

「な、なぜって昨日も帰っていないし」

「結婚したんだから、ここがティナの家だろう」

「え、でもまだ式も……」

「誓いは立てたのだからお前はもう俺の妻だ。夫婦なのだし、一緒に暮らすのは当然だ」

理屈は合っているが、まさかこのまま一緒に暮らすとは思っていなかったティナである。

けれどそう思っていたのは、彼女だけらしい。

「ティナさんがよければ、ぜひこのままいてほしいな。今の有様を見てわかるとおり、一人にしておくと脱走癖が酷くて……」

「いやあの、でも……」

ラザロに頼まれると嫌とは言えず困っていると、更に強くクレドに手を握られる。

「お前に会いたいあまり俺は絶対脱走するぞ？　いいのか？」

「よくないですし、そういうことを得意げに言わないでくださいよ……」

「なら側にいてくれ。寝ずに俺を監視するルーカや部下たちの疲労も限界だし」

クレドがそう告げた途端、突然部屋の扉が開きルーカ本人が飛び込んでくる。

「頼むティナ！　クレドの側にいてやってくれ！」

盗み聞きとはいただけないが、彼の必死な形相を見ていると怒るのは憚《はばか》られる。どうやら彼の苦労は、ティナの想像以上らしい。

「もう限界なんだ！　こいつの脱走を止めようとして、もう三度も窓から投げられたんだぞ！　さすがの俺でも次は死ぬ！」

美しい顔に青あざを作るルーカが不憫すぎて、ティナは怒った顔でクレドを見る。

「いったい何回脱走したんですか！」

「数え切れないし、常に鎮静剤を打たれていたので俺自身は正直よく覚えてない」

クレドは言うが、ルーカのやつれた顔を見る限り一度や二度ではないのだろう。

「せっかくの非番がこいつのおもりで潰れるし、もう……本当にしんどい！　やっぱり、クレドのおもり役はティナしかいねぇよ！」

そんなルーカの声を聞いて、彼同様成り行きを見守っていたクレドの部下たちもまた、部屋へとなだれ込んでくる。

あげくの果てに「隊長の面倒を見てくれ」と土下座までし始めた彼らを前にして、もはやティナは嫌とは言えない。かといって素直に頷いていいものかと悩んでいると、そこでティナの母がパンと手を打った。

「では、今日は娘を置いていきます。明日からティナの荷物をこちらに少しずつ運びますので、部屋の準備は任せましたよ」

母の言葉に「俺たちが手伝います！」と手を上げる騎士たち。

その様子をニコニコしながら見ているクレドと手を繋いだまま、ティナは「お願いします」と言うのが精一杯だった。

◇◇◇

騎士たちとガルヴァーニ家の使用人たちの働きで、翌日の昼にはクレドの屋敷にティナの私室が作られた。

「お前のために買った服なんかも置いてあるから、好きに使うといい」

ティナがいることでようやく拘束を解かれたクレドと共に部屋を見に来たティナは、その広さと豪華さに舌を巻く。

（普段が残念すぎて忘れてたけど、クレド隊長ってお金持ちだったのよね）

この二日間寝泊まりしていた客間も豪華だったが、用意された私室はそれ以上だ。

置かれた調度品は見るからに高そうだし、クレドが用意したというドレスや宝飾品はティナにはもったいないほどの質と量である。

「こんなものをいつの間に……」

「最初にお前の屋敷を訪ねた頃から、少しずつ準備していたんだ」

「そ、そんな前から!?」

「お前との結婚を夢想していたらいてもたってもいられず、つい色々買ってしまってな。あと服だけじゃなく、お前が好きそうな本や絵も買ってサロンと図書室に置いてあるから後で見てほしい」

「わ、私が結婚を断ったらどうするつもりだったんですか！」

「断られてもめげないつもりだったから問題ない。たとえ何があっても、お前と暮らすと決めていたからな」

笑顔で言い切るクレドを見て、ティナは彼の頭が本気で心配になった。

（前から何かがずれてる人だと思ったけど、これは重症だわ……）

「……難しい顔をしているが、気に入らなかったか？」

「いえ、ただ驚いているだけです。ドレスはその、どれも可愛くて素敵だし」

悔しいことに、用意された品々はティナが好ましく思う物ばかりだった。

男の格好ばかりしていたティナだが、実を言えば可愛らしいデザインの服や宝飾品が好きだった。

似合わないからと敬遠していたけれど、クレドが選んでくれた物ならティナが着ても問題なさそうだ。

「それに、このドレスとか動きやすそう」

などとうっかりこぼすと、クレドがぱっと顔を綻ばせる。

「これは、泥遊び用のドレスだ」

「あの会話、覚えていたんですか？」

「ああ。あの後すぐにこれを買った。いつか子供たちと遊ぶティナを見たいと思って」

これで夢が叶うと笑うクレドは本当に幸せそうで、ティナもまた頬が緩んでしまう。

（こんな無邪気な顔、ずるい……）

　昔からティナはクレドの笑顔が好きだった。普段は凛々しいのに、自分や部下たちに向ける笑顔はいつも少し子供っぽくて、明るくて、側で見ているとつい頬が緩んでしまう。

　でもその笑顔よりも今彼が浮かべている笑顔はずっと輝いていて、見ているとと胸がきゅんと疼いてしまう。

「いっそ、これから遊びに行くか？」

「い、行けるわけないでしょう。ようやくベッドから出る許可が出たばかりなのに」

　元気すぎる上におとなしく寝ていることができないクレドを見かねたのか、往診に来た医者が「家の中なら出歩いても大丈夫ですよ」と今朝方許可を出したのだ。一昨日は無理して倒れたが、あれは鎮静剤のせいだったようで、怪我自体はもうほぼほぼ回復しているらしい。

「体力は落ちていると思いますが、色々と無駄に元気だと思うので奥様は頑張って手綱を握ってください」と医者から力強く応援されたことは気になったが、まあ元気になっているのはいいことである。

「今日はお部屋でゆっくり過ごしましょう」

「ティナも一緒にか？」

「一緒にいないとゆっくりしないでしょ」

「しないな」

「それならほら、そろそろベッドに戻りますよ」

言いながら手を引いて、ティナは隣にあるクレドの寝室へと向かう。

中に入り、そこでティナは小さく首をかしげた。

「あれ？　ベッドを変えたんですか？」

度重なる脱走のせいで支柱が折れていたベッドは撤去され、代わりに新しくて一回り大きな物が置かれている。

「ああ。前のやつは二人で寝るには狭いしな」

「二人？」

クレドが無言のまま、自分とティナを指さす。

途端にティナの顔がぶわっと赤くなり、彼女は頬を手で覆った。

「さ、さっきの部屋にもベッドがあったからてっきり……」

「形式上用意しろとラザロたちには言われたが、そちらで寝かせるつもりはない」

「いやでも、同じベッドなんて」

「騎士団にいた頃はよく一緒に寝ただろう」

「あ、あれだってすごくドキドキしてたのに！」

「ドキドキしてくれていたのか!?」

嬉しそうに言いながら、クレドがぎゅっとティナを抱き締める。

「意識してくれていたならよかった。異性として何の魅力もないと思われていたら、色々と困るからな」

　何に困るかくらいは、ティナだってわかる。

　真っ赤になった顔をうつむかせながら、ティナはそっとクレドのシャツを握った。

「魅力がないのはむしろ私のほうでしょう。クレド隊長は立派な男性ですが、私は……」

「安心しろ、お前はちゃんと可愛い」

「クレド隊長の可愛いは信用できません」

　ティナを男だと思っていた頃から「可愛い」を連発していたし、言葉の意味をちゃんと理解して使っているのかとティナはずっと疑っていた。

「……だったら、証明するか？」

　静かな問いかけは、いつになく真剣だった。驚いて顔を上げると、クレドがどこか照れくさそうな顔でティナを見つめている。

「もしティナが、よければだが」

　先ほどより弱々しい声で、クレドが告げる。その言葉の意味がわからぬほど、ティナは初心《うぶ》ではない。

（誓いは立てたし、拒む必要はもうないのよね……）

　むしろ彼が自分とそういうことができるのかと不安はあったし、それを解消するためにも頷くべきなのかもしれない。

「でも、怪我は……」

「大丈夫だ、最初だし激しくするつもりはない」

「……じゃあああの、よ、夜……なら」

「わかった」

「あ、でも私……その……経験が……」

「あったら困るし、俺もない」

「ですよね」

「でも夜までに本を読んで勉強するから、安心してくれ！」

本を読んでどうにかなるのかと思う一方、経験のないティナは彼の言葉に小さく頷くことしかできなかった。

◇◇◇

そして、夜である。

（これ、やっぱり安心できるやつじゃない気がする……）

ベッドの上に腰掛けながら、隣で青い顔をしているクレドを見たティナはそう思う。

「隊長、昼間より断然緊張してません？」

「そういうティナは普通すぎないか……？」

「隊長が緊張しすぎているせいで逆に冷静になっているというか」

「緊張するつもりはなかったんだが、本を読んだら色々すごいことが書いてあって……」

「そういえば、隊長はそもそもその手の話題が苦手な人でしたよね」

女性が苦手なせいか、性交渉に関する話にもクレドは苦手意識を持っている。部下たちがその手の話題で盛り上がっていても入らないし、話の内容がえげつないものになるとこっそり仲間の輪から離れて飲んでいるときもあった。

「無理なら、別にしなくても……」

「いや、したい気持ちはあるんだ！」

ぎゅっと手を握られティナはひとまずほっとする。

「ただ、失敗しそうで……」

「安心してください。私も知識ばかりで経験はないので同じ初心者です」

「初心者とは思えない落ち着きぶりだが？」

「だからそれは、隊長が一人慌てているからです」

クレドの副官を長年務めてきたせいか、彼が慌てていればいるほど自分がしっかりしなければと思ってしまうのだ。

（それにきっと、余裕でいられるのは今だけだと思うけど……）

クレドに触れられた夜のことを思えば、きっとティナはまた乱れてしまうだろう。

（でも、乱れすぎたら隊長逃げ出しそう。素の隊長は絵に描いたような童貞だし）

青い顔をしているクレドを見ながら、彼を怖がらせないようにしなければとティナは決意する。

「とりあえずその、やってみます？」

「……ああ。だがあの、まず何をすれば」

あえて聞かれると、さすがに言葉に詰まる。

「キス……でしょうか」

「いきなり難易度が高いな」

「そういえば、まだ唇は練習してなかったですね」

そんな状態でできるのかと思っていると、クレドがそっとティナの肩を摑み自分のほうへ振り向かせる。

「嫌だったら、拒んでくれ」

おずおずと、クレドが顔を傾ける。

訓練のときはティナも酷く緊張したけれど、今は不思議と躊躇いなく目を閉じることができた。

優しく唇を啄まれ、そのままゆっくりとクレドの舌がティナの口内へと入ってくる。拒む気持ちは欠片も芽生えず、ティナの中を弄《いじ》る肉厚な舌を彼女は受け入れていた。

「ん……あッ……ふぁ」

とはいえ長いキスなどしたことがないティナは、すぐさま息苦しさに喘いでしまう。

その声の甘さにティナ自身が驚いていると、クレドもまたビクッと身体を震わせながら唇を離した。

「あ、ごめんなさい……」

「なぜ謝る」

「変な声、出たから嫌だったのかと……」

「嫌などころか、もっと聞きたい」

「……ぅんッ!?」

　再開されたキスは、先ほどより性急だった。受け入れることはできるが、肉厚な舌に上手く応えることはできず、ティナはクレドのシャツをぎゅっと握り締めながら、ただただ口づけに翻弄される。

（全然……普通にできてるじゃない……）

　キスをされる経験はほぼないが、クレドのそれはたぶん下手ではない。

　彼の舌先で歯列をなぞられると身体が甘く震えてしまうし、息は苦しいがそれ以上に心地よさがあふれて止まらないのだ。

「たい…ちょう……もう……」

「もう少し」

　角度を変えながら深く口づけられると、ティナの身体から力が抜けていく。それを察したクレドの逞しい腕がティナの背中を抱き支えた。

　キスに合わせ背筋を撫でる手の感触だけで、ティナは官能の波に押し流されそうになる。

夜着だからかもしれないが、クレドの手のひらの感覚はいつもより鮮明だった。

背を撫でるクレドの指先から自分が強く求められているのを感じ、それがとても嬉しい。だが深い口づけと共にゆっくりとベッドに倒れ込んだところで、クレドとティナは同時に我に返る。

（ここから、どうすればいいんだろう）

「こ、ここからどうすればいいのだろうか」

同じ疑問を抱きながら、二人は見つめ合ったまま、しばし硬直する。

「ほ、本を読んだのでしょう……？」

「読んだ」

「そこにはなんて？」

「……じ、実はその……、は……裸の挿絵が多くて、ちゃんと読めなかった」

初心な乙女かとツッコミたいが、ティナだって知識がないのは同じだ。

騎士団で下ネタはさんざん聞いていたが、彼らの会話は上級者向けすぎて大半は理解できていなかった。

「と、とりあえず……裸になるのでは？」

「そうか、確かに挿絵も裸だった」

言うなりシャツを脱ぎ捨てるクレドを見て、ティナは思わず赤面する。

（前より少し痩せたけど、やっぱり色々すごい……）

まだ包帯が完全に取れているわけではないが、合間から見える彼の肉体は美しくしなやかな筋肉で覆われている。

明るい中でするのは恥ずかしいからと部屋に灯っているのは小さな燭台ひとつだけだが、揺れる炎に合わせて浮かび上がる筋肉の起伏を見ていると、かつて抱かれそうになった状況が頭をよぎり、それだけでティナの身体が疼いてしまう。

（いや、見ただけで反応するとか……私やっぱりおかしいかも……）

慌てて視線を逸らし、ティナもまた夜着に手をかける。

（でもそれを恥ずかしがってちゃ、この先に進むなんて無理よね）

そのまま潔く、躊躇いごと下着まで脱ぎ捨てると、クレドがわかりやすく動揺した。

「て、抵抗がなさすぎだろ!?」

「だって、裸でするものなのでしょう？」

「でもあの、ちょっとずつでも……いいんだぞ？」

そういうクレドもまだズボンは脱いでいない。

「じゃあ、また穿きます？」

「いや、隠さないでほしい」

言いつつ、クレドは苦しげな表情で大きく息を吐く。その表情は妙に色っぽくてドキドキしたが、いつまでたっても浮かない顔なので少し心配になってしまう。

「あの、やっぱり女性の身体はお嫌いですか？」

「そうじゃないから困っている。まさかこんな、綺麗だとは思わなくて……」

予想外の褒め言葉に、ティナは頬を赤らめ慌てて毛布で身体を隠す。

「隠すなと言っただろ」

「た、隊長が恥ずかしいこと言うからですよ！」

「まだ恥ずかしいことは何も言っていない！」

「まだってなんですか、これ以上何を言うつもりだったんですか！」

「……さ、触りたいなと……思って」

確かに、そのおねだりは恥ずかしい。

「い、嫌じゃなければだが……」

「嫌ではないです。たぶんその、触るのは流れとして正しいと思いますし」

恥ずかしいけれど、このままいつまでも毛布で隠しているわけにはいかない。そう思ってティナはベッドの上に座り直すと、毛布を下にずらし胸と腹部をクレドの前に晒した。

するとクレドが、ティナの胸におずおずと手を伸ばす。

女性にしてはささやかすぎるティナの胸は、あまりに簡単にクレドの手のひらに収まってしまう。

「ち、小さくてすみません……」

「なぜ謝る。俺は、お前の胸が好きだぞ」

「でも男は大きな胸が好きなものだと隊のみんなが……」

「俺はティナの胸が好きだ。なめらかで、温かくて、心地いい」

優しく笑いながら、クレドがゆっくりと身を屈める。

何をするのかと身構えたティナの胸に、クレドがキスをしたのはそのときだった。ささやかな頂きを口で食まれた瞬間、腰が震えるほどの心地よさが広がり、ティナは慌てて身を引こうとする。

逃げる身体を捕らえるように逞しい腕が背中に回り、逃げることは叶わない。むしろ逃げたことを責めるように乳首を強く舌で舐《ねぶ》られ、ティナは更に大きく震えた。

「あ……ダメ……ッ……やぁ……」

右の頂きを舌先でいじめながら、もう片方の乳房をクレドの手が優しく責める。こみ上げる愉悦に翻弄され、甘い嬌声《きょうせい》が口からこぼれる。

「つよいのッ……アッ……だめ、ン………」

言葉は途切れ途切れで意味をなさず、吐息に熱がこもる。

「アアッ……んっ……！」

そして強く乳首を食まれた瞬間、甘い声と共に一際大きく身体が震えた。達してはいないものの、ティナの腰はビクビクと震え出す。

そこでようやく胸への愛撫をやめたクレドが、はしたなく上下するティナの臀部《でんぶ》に気がついた。

「み……見ないで……」

「しかし、ここに入れて欲しそうにしている」

真面目に指摘されると恥ずかしさが増すが、クレドの視線は腰へと注がれたままだ。

「ティナが欲しがっているなら、与えてやりたい」

「でも……いきなりは……」

「けど欲しそうだぞ」

「な、何度も言わないでください……。それに、濡れていないと入らないというし……」

「なら、濡れているか確認しよう」

言うなり毛布を剝ぎ取られ、クレドの前に恥部が晒される。

慌てて隠そうとしたが、それより早くクレドの指がティナの秘裂に触れた。

「あぅ……ッ」

それだけでビクンと震えた腰の奥から、こみ上げてきたのは甘い疼きだ。同時にもよおした感覚が膨れ、恥ずかしさにティナは身悶える。

「ちゃんと濡れている」

「う…そ……」

「嘘ではない。蜜のようなものがしっかりとこぼれている」

グチュリといやらしい音がして、クレドの指先が秘裂を擦りあげる。驚いて下腹部を見れば、確かにそこはしっとりとして、太い指先は蜜で濡れていた。

（ま、まだ……触れ合いを始めてからあまり時間が経っていないのに……）

あふれ出る愛液の量は予想よりずっと多い。

(どうしよう、やっぱり私……敏感すぎるのかも……)

騎士団時代の反応から薄々察してはいたが、ティナの身体は快楽に弱すぎるのだ。

あまりにもはしたない反応をする己の身体が情けなくて、ティナは泣きそうな顔で唇を噛む。

それを見た途端、クレドが慌てた様子で秘裂から指を離した。

「悪い、いきなり触れて嫌だったのか?」

自分がティナを泣かせていると思ったのか、クレドが謝りながら彼女を宥めるように抱き締める。

「嫌ならもうしないから、泣きそうな顔をしないでくれ」

抱き締める腕から彼の不安を感じ、ティナは慌てて小さく首を横に振る。

「いえ、そうじゃなくて……」

「では、何が嫌だったんだ?」

「じ、自分が嫌なんです……」

ぎゅっとされただけで、腰の奥が疼くのを感じながらティナは声を震わせる。

「嫌がるようなところなどない。ティナは綺麗だし、素晴らしい女性だ」

「で、でも……女らしい身体でもないのに……すごくはしたなくて……」

「どこがだ!」

本気の否定に、ティナは僅かに驚く。

「お前は十分女らしい。それにはしたないことのどこが悪い！」

「でも、クレド隊長の指をこんなに汚して……」

「むしろ反応されないほうがよっぽどこたえるぞ！　それにこれではしたないというなら、俺のほうがよっぽどだ」

言いながら、クレドがティナの身体を抱き寄せ膝の上にのせる。

そこで彼女は、お尻に当たる逞しいものの存在に気づいてしまった。

「キスをしたときから、もうこの有様だぞ？」

「わ、私の下手なキスで……？」

「下手かどうかは比較対象がないからわからないが、すごくよかった」

頭を撫でながら言われると、恥ずかしさと嬉しさがない交ぜになった複雑な感情で胸が苦しくなっていく。

「それにティナの泣きそうな顔を見たときも反応してしまって、自己嫌悪でおかしくなりそうだった……。涙は苦手なのに、もっと見たいと思ってしまうし……」

「な、泣かせるのが好きなのですか？」

「好きではない。……それだけは、ない」

告げる声はものすごく辛そうで、彼の表情も見る間に曇っていく。

予想外の反応に戸惑いつつも、苦しげなクレドが見ていられなくて、ティナは慌てて腕を伸ばし、彼の頭をそっと抱き締めた。

「な、なら見せないようにします。涙は、絶対に」

そういえば、クレドは女性の涙を見るのが嫌だと言っていた。それを忘れていた自分を心の中で叱責しつつ、ティナは何とか笑顔を作る。

「もう泣きません。だから、そんな顔をしないでください」

優しく頭を撫でると、クレドの表情が和らいでいく。

「なら自分のことも卑下しないでくれ。ティナは、とても綺麗だ」

言いながら、クレドがティナの右手をそっと摑む。

「本当に綺麗だ」

優しい言葉と共に、ティナの指先にクレドが口づけを落とす。それだけで身体が甘く疼いたが、嫌悪感はもうなかった。

「それにはしたなくていい。乱れるティナもすごく素敵だ」

ティナの不安を消そうとしているのか、クレドが優しい言葉を重ねていく。

だんだんと恥ずかしくなってきたティナは、頬を赤らめながら摑まれた手を慌ててほどいた。

「もう、わかりましたから……」

「なら、続きをしてもいいか？　そろそろ、俺のほうも限界らしい」

何が限界かは、ティナもわかる。

クレドの膝からおずおずと降りると、彼の手がズボンの前をくつろげていく。その仕草にさえ身体が反応していたが、布の間から彼のものが見えた瞬間ティナは息を呑んだ。

「それは無理!!」

「い、いきなり拒否するのは酷いだろ！」

クレドはあたふたするが、目の前にあるものの大きさを見て叫ばずにはいられなかった。

(うそ……えっ……なに……何を見せられているの!?)

男所帯にいたせいで、うっかり男性器を見てしまったことは何度かある。

だがそのどれとも、彼のものは違っていた。

「こ、こんな……ゲイ・ボルグみたいなもの入りません！」

「棘《とげ》はついていない！」

「でもこんな、おっきくて……太いなんて……」

「た、確かに人より少し大きいが」

「少しじゃありませんこれは！」

「いやでも、女性の中に入るものだし、やってみれば入るはずだ」

ティナの反応に慌てすぎたのか、クレドは彼女の腰を摑むと先端を秘裂に押し当てる。

ほぐす手順を完全に飛ばしたせいもあったが、あまりに大きすぎる男性器は僅かに細まっている先端さえも凶器で、狭い入り口の戸を軽く叩かれただけで痛みが走る。

「む、無理……です……」

泣かないと言ったばかりなのに、僅かに押し開かれただけで痛みに自然と涙がこぼれる。

その途端クレドが腰を引き、ティナに縋りついた。

「す、すまない……！　ちょっと慌てすぎた！」

大丈夫かと尋ねてくるクレドに、ティナは慌てて頷く。確かに痛みはあったが、挿入される一瞬、彼女の身体の奥はほんの少しだけ反応していた。

あまりに凶悪だけれど、クレドのものが欲しい気持ちはあるのだ。

「わ、私もあの、動揺してしまいました」

「いや、俺が……」

「いえ、私も……」

もごつきながら、二人は思わずクレドの股間のものを見る。

(入るかな……)

「は、入るだろうか……」

情欲より不安が勝ったせいか、彼のものは少し小さくなっていた。だが、それでも凶器であることには変わりない。

「ちょっと、もう少し勉強してからにしましょうか」

「……そうだな。今度は恥ずかしさに負けず、ちゃんと本を読む」

「いっそ、一緒に読みましょう」

クレドが頷き、ティナもそれに微笑む。

そこでクレドが自らのものをそっとしまうと、おずおずとティナの腕を摑んだ。

「……そういう雰囲気ではなくなってしまったが、よければ一緒に寝てもいいだろうか」

それはそれで恥ずかしいと思うが、ここで離れるのはティナも名残惜しい。

「い、今更許可はいらないです。同じベッドで寝たことは何度もあったでしょう？」

とはいえ恥ずかしさが勝って素直に寝たいとは言えないけれど、ティナが拒んでいないことは伝わったらしい。

「なら、一緒に眠ろう」

ティナを腕の中に捕らえながら、クレドが壊れ物にでも触れるようにティナの頭を撫でる。体格差があるのでティナの視線はクレドの厚い胸板に阻まれ、視線を上げても彼の表情を見ることはできない。

「おやすみ、ティナ」

けれど柔らかな声を聞いていると、彼が微笑んでいるのは何となくわかる。

不安もあるけれど、クレドの腕に捕らわれるのはあまりに心地が良くて、ティナもまたそっと微笑む。

「おやすみなさい」

あえて口にするのはくすぐったかったけれど、夫婦として過ごす最初の夜は大失敗したわりには悪くなかった。

第七章

その翌日から、二人の特訓は人知れず始まった。

「ここが図書室だ。大半は俺が趣味で集めた兵法に関する書物だが、小説なんかも奥にある。あと、例の本も奥だ」

クレドの案内で訪れた図書室は、一個人の持ち物とは思えぬ広さである。

ティナの家も姉妹が多いので恋愛小説ばかりを集めた図書室はあったが、クレドの屋敷の図書室はその倍はある。吹き抜けになった大きな部屋の壁面に備え付けられた本棚には本がぎっしり詰まっており、読書用にと設《しつら》えた机やソファも上質な物だ。

(兵法の本も読みたいけど、今勉強すべきはこれじゃないわよね……)

そう思い兵法の本が並ぶ本棚から目を背けたが、そこでティナは気になる物を見つけた。

「あれって、イーゼルですよね？　どなたか、絵を描かれるのですか？」

部屋の奥にあるスペースに、イーゼルや絵筆などの画材がまるで隠すように置いてあったのだ。誰かが頻繁《ひんぱん》に使用しているのか、使い込まれた感もある。

「もしかして、ラザロ様が絵を？」

何気ない質問だったのに、クレドがわかりやすく狼狽する。

その様子を見れば、使っているのが誰かは明白だ。

「隊長が絵を描くなんて知りませんでした」

「な、なぜ俺だとわかった!?」

「むしろわからないほうがおかしいです、その様子を見て」

イーゼルの横には描きかけらしい絵も置いてあるようだ。それが見たくて近づいていくが、すぐさま後ろから羽交い締めにされ止められてしまった。

「み、見ないでほしい！」

「別に、どんな絵でも笑ったりしませんよ？」

純粋にクレドの新しい趣味を知ることができて嬉しかったから、興味を引かれたのだ。

けれどクレドは頑なで、首をブンブン振りながら見ないでくれと懇願を続ける。

「……お前にだけは、見られたくないんだ」

ぎゅっと抱き締められたまま、告げられた言葉にティナは少なからずショックを受ける。

(私にだけはって……どういうこと？)

今までクレドは、たくさんのことをティナだけに許してくれた。

部下であった頃はティナだけを頼り大きな仕事を任せてくれたし、女性と知られてからは触れられるのはティナだけだからという理由で、一緒にルルのしごきを受けた。

だから逆に自分だけが排除されるのは初めてで、ティナは想像以上のショックを受ける。

「――の絵ばかりを描いているなんて、言えるわけがない」

クレドがぽつりと独り言をこぼしたけれど、その言葉はティナには届かない。

「と、とにかく!! 今はアレの勉強をするのだろう！」

張り上げられた声に、ティナははっと我に返る。

ショックを引きずっていたが、クレドが嫌がることを詮索できるわけがない。

（きっと、ものすごく絵が下手だから、見せるのを嫌がっているだけよね……）

さっきのは言葉のあやで、きっと絵は誰にも見せていないに違いない。自分にそう言い聞かせ、ティナは気持ちを立て直す。

それから目的の本を三冊ほど持ち、二人は寝室へと戻る。

「それにしても、こういう本って意外とたくさんあるんですね」

ベッドの上に二人で座り込み、持ってきた本を広げながらティナはこぼした。

「家令のエンツォが『坊ちゃんたちには絶対必要になりますから！』と断言して買い集めたんだ」

「実際必要になりましたね」

「ああ、エンツォには改めて感謝しておこう」

今頃昼食の準備をしている家令がいる方向を見ながら、クレドが礼を言う。彼に倣《なら》い、ティナも『ありがとうございます』と心の中で続けた。

「しかしどの本もわかりやすく絵が描いてあるのはいいんだが……」

「女性の身体は、絵でも苦手なんですね」

「ああ、絵でも怖い」

さすがに苦手すぎるだろうと笑おうとしたが、本を見つめるクレドの顔色は酷く悪い。

明らかに調子が悪そうな横顔は、クレドが年に一度精神が不安定になる日の顔にとてもよく似ていた。

「なら私が見ますから、隊長はこっちの本にしましょう」

比較的文字が多い本を手渡し、代わりに挿絵が多い本を取り上げる。

「逆に私は文字を読むほうが苦手なので、交換です」

クレドが申し訳ない気持ちにならないよう、ティナは笑顔で告げる。

すると彼はほっとした表情を浮かべ、彼女のほうへと身体を傾けてきた。

そのままちゅっと唇を重ねられて戸惑うが、嫌ではない。最初は緊張して取り乱していたティナだけれど、今は差し入れられた舌に自らの舌をそっと絡める余裕さえある。

「俺たち、キスは上手くなった気がしないか？」

長いキスの後、クレドが小さく笑った。呼吸はまだ乱れていたけれど、ティナもまた微笑んで同意する。

「ならきっと、いずれ身体の重ね方も上手くなれるだろうな」

「隊長は、なんだかんだ器用ですからね」

「それはお前も同じだろう」

言い合いながら、二人はじゃれ合うようにキスをする。自然と身体が近づき、そこでティナは気がついた。

「隊長、もうすでに苦しそうですね」

「き、気がついてもそれは言うな……」

言うなと言われても、彼の大きなものが存在を主張していれば嫌でも無視できない。

(そういえば、男の人は我慢すると辛いって隊のみんなが言ってたわよね)

下世話な話を聞いてきたおかげで、その手の知識だけはあるティナである。

「私が、触っては駄目ですか?」

途端に小さな呻き声を上げ、クレドが腰を引いた。

「いや、やるなら自分で……」

「でも、さっきの本に女性が奉仕する挿絵もありましたよ。それに身体を重ねるときはほぐすのが大事だって前に誰かが言ってました」

「ほぐすって俺のものを?　本当にそれで合っているのか?」

「たぶん」

定かではないが、やるだけやってみようと考えて、ティナは彼のズボンに手をかける。

「いや、待て……!　お前、なんで脱がせ慣れてる!?」

「だって酔って倒れた隊長の服、脱がせてたの私ですから」

「か、過去の俺に……服は自分で脱げと説教したい……」

「とりあえず、前をくつろげるだけでいいですから」

ベルトを外し、手早く着衣を緩めると、起ち上がった彼のものが露《あら》わになる。

(何度見ても、大きい……)

ティナの手では全てを覆うことすらできない大きさに息を呑みつつ、ティナは側に本をたぐり寄せ女性からの奉仕に関するページを開く。

見つけたのは、女性が口で男のものをくわえている絵だ。

(口に入る……かな？)

見よう見まねで身体を屈ませながら、ティナはクレドの先端をそっと口に入れる。

「ま……待て、そこまでしなくていい……！」

せめて手を使えと騒ぐ声が聞こえたが亀頭をそっと吸い上げた瞬間、声は途切れる。

「だめだ……ッ、それ……は……」

ティナの髪に手を差し入れながら、クレドがこぼした声の甘さにティナの肌がぞくりと粟立つ。

男性器から立ち上る男の香りは少々きついが、嫌いではない。それに舌で嘗めあげるたび、クレドのものがビクンと震えるのを見ていると、えも言われぬ喜びも感じてしまう。

(私で、クレド隊長が感じてくれてる……)

押しのけようとする手を無視して、ティナは肉棒の先端を舌で刺激する。あわせて根元を指で撫で上げると、クレドが苦しげに腰を浮かせた。

「もういい、お前を……汚してしまう……」

あまりに切なげに言うので、ティナは彼のものを扱《しご》きながらそっと顔を上げる。

「かまいません。私、クレド隊長にご奉仕したいです」

安心させるつもりだったのに、見上げたクレドはなぜかより苦しげな表情を浮かべる。

「あまり可愛いことを言うッ……な！」

「だってしたいんです。昨日は私ばかり気持ちよくなってしまったし」

自分が彼を受け入れられないせいで、昨晩も本当は辛かったに違いない。

ならば少しでも、彼には心地よくなってほしかった。

「今度は隊長の番ですよ」

言葉と共に彼のものを強く扱けば、クレドが目を閉じ熱い吐息をこぼす。凛々しい顔を苦しげに歪《ゆが》ませる様を見ていると、ティナもまた身体の奥が熱くなる。

(隊長の顔を見てると、変な気分になる……)

苦悶の声をこぼしながらも、快楽に溺れることをよしとしないクレドは口元を手で覆う。

凛々しく逞しい男の相貌が、愉悦によって歪む様はあまりに官能的で、見ているティナのほうがおかしくなってしまいそうだ。

だから視線を彼の屹立《きつりつ》へと戻し、ティナはもう一度それをくわえる。

彼のものはあまりに逞しすぎて、口に入れられるのはせいぜい半分だった。そのままし
ばらく口の内側で愛撫したあと、呼吸をするために一度口から出し、今度は舌と唇を使っ
て側面を優しく刺激する。
「ああッ……ティ…ナ……」
先ほどまでは押しのけようとしていた手が、ティナの髪に指を差し入れながら愛おしそ
うに彼女を撫でる。それが嬉しくて、ティナは再び彼のものをより深くくわえ込む。
クレドが僅かに腰を揺らすと、より奥に彼のものがぬぷりと入り込んだ。
(少し苦しい……でも……)
口の中で彼のものが大きくなっていくのは嬉しかった。それにこんなときでも、可能な
限りティナを苦しめないようにと思ってくれているのが腰つきから伝わって、むしろもっ
と激しくしてほしいとさえ感じる。
(こんなことを思うのもはしたないのかもしれないけど、隊長にはもっと感じてほしい)
自分の口で、手で、彼に愉悦を与えたいと思い、ティナは音が立つほど強く彼のものを
吸い上げる。
「くっ……、ッだめ……だ!!」
クレドが慌てて腰を引こうとしたが、ティナはそれに抗《あらが》う。次の瞬間彼のものがより大
きくなり、熱い白濁がティナの口内に注がれる。
むせかえるような雄の匂いに驚きつつも、注がれたことへの嫌悪感はなかった。

（でも……ちょっとだけ、くるしい……）

日頃我慢を続けていたのか、白濁の量はあまりに多くて口の端からこぼれてしまう。

かといって吐き出すのは失礼な気がして、ティナは男根から口を外しながら彼のものをゴクンと飲み込んだ。

「あぁくそッ、ほんとうにすまない……」

荒れた呼吸を整えながら、クレドが慌てた様子でティナの頬に指を這わせる。

彼の手によって上向いた顔を見た瞬間、クレドは大きく息を呑んだ。

「まさか、飲んだのか!?」

「え、あの、はい」

「飲まずに出していいんだ！　酷い味だっただろう！」

慌てた様子でシーツを引き剥がし、クレドがティナの口元を優しく拭ってくれる。

少しくすぐったくて目を細めていると、クレドがティナの額にそっと口づけをする。

「すまない。我慢できると思っていたんだが……あまりに心地よくて無理だった……」

「私、上手にできていました？」

「上手すぎて困る……。ティナのことは汚したくなかったのに、こらえられなかった」

「汚れてなんていません。ほとんど飲めたし、それに全然嫌じゃなかったです」

強がっているわけではなく、本当に嫌ではなかったのだ。

それを伝えたくて頬を撫でるクレドの手にティナが手を重ねれば、強張っていた彼の表情が僅かに緩む。

「可愛い台詞は言わないでくれ。色々と、こらえられなくなる」

再び熱を帯び始めた声に、身じろいだティナの手が熱くて逞しいものに触れた。

驚いて視線を下げ、ティナは目を見張る。

「一度達すると、小さくなるものなんですよね？」

「普通は……まあ」

「隊長のは、普通じゃないんですか？」

答える代わりにクレドが腰を引き、ティナの視線から自らのものを隠そうとした。むろん、あの大きさなのでまったく隠れていないが。

「一度で、満足できないものもあるんだ……。だから可愛いことを言われると、まったく戻らなくなる」

「じゃあ、もう一回します？」

「いやいやいやいや、それはだめだ！　これ以上無理はさせられない」

別に無理はしていないし、あと何回かは飲める気がして、ティナはもう一度身を屈める。

「兄さん、今平気ー？」

だがその直後、突然部屋の外からラザロの声がする。

(騎士とあろうものが、他人の気配に気づかないなんて……！)

慌ててティナは身体を起こし、クレドもまた服を直そうとしたが焦るあまりベッドから転がり落ちる。

「隊長!?」

驚いてベッドの下を覗き込むのと、ラザロが部屋に入ってきたのはほぼ同時だった。

「きょ、許可を出すまで部屋に入るんじゃない!」

無事だったのか、身体を起こしながらクレドが弟に怒る。

「もう二人きりじゃないんだ。入室するときはちゃんと確認しろ」

「わかったよ。でもデートさえ戸惑ってた二人だから、まさか昼間からイチャイチャしてるとは思わなくて」

クレドは上手いこと取り繕ったつもりだったが、二人が何をしていたかをラザロは察しているようだ。

真っ赤になった二人が何も言えず項垂れていると、ラザロが小さく吹き出す。

「今後はなるべく寝室には近づかないよ。今も兄さんに来客だから伝えに来ただけだし」

「俺に?」

「兄さんの部下の人。明後日から職場復帰するって聞いて、大丈夫なのか確認に来たみたい。『傷の状態がいいのはわかったけど、新婚なのにいいんですか?』だって」

「い、いいも悪いもこれ以上は休めん! 上からも、気になる事件が起きているから情報を共有したいと言われているし……」

事件と聞いて、ティナは思わず顔を上げる。どんな事件かと気になる一方で、一般人になったティナが首を突っ込んでいいものかと葛藤も生まれる。

(今は騎士のお仕事より、妻としてのあれこれに集中しないとだめよね……)

淑女らしい振る舞いも完全に身についたと言えないし、何よりクレドと身体を重ねられねばガルヴァーニ家の後継者を産むことはできない。

(隊長が選んでくれたんだもの、せめて義務は果たしたい……)

だからどんな事件か気にしちゃ駄目だと言い聞かせ、ティナはこらえるようにドレスの裾をぎゅっと摑む。

そんなティナの様子を見て何を勘違いしたのか、ラザロがそこでくすりと笑う。

「部下の人には僕が伝えておくよ。だから二人は、思う存分くっついてて」

「くっ……!?」

目を剝くクレドに笑みを深め、それからラザロはあっと小さく声を上げる。

「あとそうだ。これエンツォからの差し入れ」

そう言ってラザロがクレドに手渡したのは、『愛の夜伽《よとぎ》入門書―子供にもやさしくわかります―』と書かれた本である。

「『お二人はこれくらいから始めたほうがよろしいでしょう』だってさ。じゃあねっ」

にこやかに出て行くラザロを見送った後、クレドがおずおずとベッドの上に戻ってくる。

「もしかして私たちのこと、周りにバレてます？」

「……そのようだな」

秘密裏に練習するはずだったが、少なくとも家令のエンツォにはバレているようだ。

「クレド隊長の家には、有能な使用人がいっぱいいますね」

「……まあ、親の代わりに幼い俺たちをしっかり育ててくれた者たちだからな」

とはいえそんな相手に、この状況を知られるのは恥ずかしいに違いない。

困惑しきっているクレドに同情しつつ、ティナは受け取った本を開いた。

そしてさっそく、彼女は大きな間違いに気づく。

「隊長、ほぐすのは男のものじゃなくて女のほうみたいです」

「……そんな気はしていた。俺のものが、ほぐれる気配はないし……」

確かに、あれが元気を失うことはあるのだろうかとティナも疑問に思う。

「ならこれからは、少しずつほぐしていこう」

「でもあの、続きは夜にしましょうね」

「そ、そうしよう」

それまでこの本を読もうと決めて、二人は枕を背もたれにして身を寄せ合う。

さりげなく腰に手を回されて少しドキドキしたけれど、クレドの身体に包まれながら過ごす時間は穏やかに過ぎていった。

◇◇◇

「それで？　ティナとの新婚生活、さっそく暗礁《あんしょう》に乗り上げているのか？」

職場復帰したクレドを出迎えたルーカの、開口一番の言葉はそれだった。

療養していた間、隊を代わりに仕切ってくれていたお礼をしようと思っていた矢先の指摘だったため、クレドは馬鹿正直に慌ててしまう。

「そ、そんなことは……ないぞ」

「いやあるだろ。俺、お前のアレがすごいことは知ってるし」

ルーカの言葉に、周りにいたクレドの部下たちも大きく頷いている。

股間へと集中する視線に、クレドは取り繕っても無駄だとすぐに悟る。

（いやでも、相談なんてしたらティナとのあんなことやこんなことがバレてしまうし……）

などと悩んでいたが、それも僅かな間のことだ。

「そもそも、ティナから色々教えてやってほしいって言われてるし」

「待て、どういうことだそれは」

「あいつがやめる前に言われたんだよ。隊長は女性経験がなくて苦労しそうだから、恋人ができたときは色々教えてやってほしいって」

さすがにその『恋人』が自分になるとティナは思っていなかったようだが、ルーカの呆れ顔を見る限り、彼女のお節介は本当のようだった。

「まあさすがに、お前のアレがすごいことは知らなかったみたいだけど、とにかく心配してたんだよ。いやぁ、愛されてるなぁお前は」

そういって笑うルーカの言葉を聞き、クレドは脱力するばかりだ。

(そういえば今朝も、見送るときに『色々勉強してきてください』と言われたが、こういう意味か……)

妙なところで恥じらいのないティナだから、この状況を予想しむしろ好機だと思ったのだろう。

とはいえ久々の仕事で、いきなり夜の話をするのも憚られ、「そういうのは終業後に頼む」とクレドはこぼす。

ルーカたちは不満そうだが、仕事には真面目に取り組む主義だ。

ただでさえ怪我で迷惑をかけたのだから、たまっている仕事は先に片付けてしまいたい。

「まずはうちの隊が請け負っている事件の進捗と、報告書の確認が先だ。ルーカ、頼んでいた引き継ぎの資料を見せてくれ」

途端に、ルーカと部下たちの目がわかりやすく泳ぐ。

「まさか、ないのか？」

「いや、だって本気で復職すると思ってなかったんだよ。あんな大怪我を負った上に、お前新婚だし」

「仕事が増えて面倒だから早く帰ってこいと言っていたのは他ならぬお前だろう！」

「いやむしろ、お前の隊、緩いしサボれてちょうどよかったんだよな」

反省の色のないルーカに呆れ、クレドは部下たちのほうへと目を向ける。だが彼らもまた、明らかに目が泳いでいた。

「まさか、誰一人報告書をまとめていないのか？」

「いや、やろうとは思ってたんです！　でもティナの他に尻を叩く奴がいなくて……」

部下の一人が答えれば、隊の全員が頷いている。

ティナの不在で仕事にならなかったのは自分も同じだし、休暇まで取ってしまったので強くは責められないが、それでもこの状況には頭を抱える。今は大きな事件は担当していないが、それでもこの状況は非常にまずい。

「下世話な話をしている場合か！　とにかく今すぐ俺が不在の間にあったことを、全て報告しろ！　全てだぞ！」

クレドの一喝でルーカと部下たちはようやく慌て出す。結局その日は夜まで現状の把握と書類整理に追われ、情事についての話はほとんどできなかった。


「……もうほんと、自分の隊ながら頭が痛い」

その夜、げっそりした顔で帰ってきたクレドは、彼の帰りを待っていたティナに抱きつきながらぼやいた。

ガハラド小隊はエリート部隊だが、ほとんどが現場での活動を評価されている騎士ばかりなので、どちらかと言えばペンより剣が立つ者が多い。

そんな騎士たちがこれまで律儀に報告書を作成していたのは、ティナが睨みを利かせていたからだと改めて知ったクレドは、小さな身体を抱き寄せながら自分の不甲斐なさを痛感する。

そんな彼の頭を、ティナが背伸びしながらそっと撫でる。

「いえ、そもそも原因は自分がやめたことです。一応後任が見つかるまではと、書類仕事の管理を任せる事務官は手配したんですか……」

「その事務官も、ルーカの自由すぎる雰囲気に呑まれて仕事をさぼっていた……」

「人選を誤りました、ごめんなさい」

謝られ、クレドは慌てて「お前のせいじゃない」と告げる。

「むしろ、ティナが有能すぎたんだ。報告書を丸めてボールにするような連中を、お前はよくまとめていたな」

「隊長に迷惑をかけるのは嫌なので、かなり厳しくしていましたからね」

「でもお前は鞭《むち》だけでなく飴《あめ》の使い方も上手かっただろう。みんな、あれだけ怒られてもティナを慕っていたし」

今日も、「ティナに褒められないとやる気が出ない」とこぼしていた者がいた。

「なあ、もしよければなんだが騎士に――」

「戻りませんよ」

ぴしゃりと言われ、クレドはぐっと言葉を呑み込んだ。

「なぜ言いたいことがわかった……」

「わかりますよ。でも、私は戻りません」

「だが、騎士の仕事に未練がありそうだったじゃないか。それに結婚しても騎士を続ける者も中にはいるぞ？」

「未練はあります。けれどさすがに、伯爵家の奥方が働くのはおかしいでしょう」

戻ってくるのは皆、平民の女性たちだけだとティナは言う。

「俺は気にしないが……」

「でも世間の目があります。それに妻としても半端者なのに、騎士になんて戻れません」

クレドの提案にティナが心を揺り動かされたのは見て取れるが、やはり彼女は頑なだ。

「まずは、妻としてクレド隊長を受け入れて子をなせないと……」

「そう固く考える必要はない。子供は授かり物だし、できないときはできないと言うし」

「それでも、隊長と結婚したからには義務を果たさねば」

その物言いが既に貴族の奥方ではなく騎士そのものだが、それを指摘すると凹みそうなので口にはしない。

「俺は、お前がやりたいことをやってほしいけどな」

代わりに小さく笑って、クレドはティナの頭を撫でる。

「俺はティナに我慢してほしくない。願いも望みも何でも口にしてほしい」

「望みなら叶えていただきました。いき遅れの私を妻にしていただけただけで、十分すぎるほどです」

ティナの声はきっぱりしていたが、だからこそクレドは彼女が何かを我慢しているように思えて仕方がない。

(もしかしたら自分が我慢していることにすら、気づいていないのかもしれないな)

ティナはこうと決めたら周りが見えなくなるタイプだ。特に今は結婚したてで、新しい生活に慣れるだけで精一杯だろうし、もう少し様子を見るしかなさそうである。

「……わかった、とにかくまずはその、できるようにしよう」

「じゃあああの、今夜も……」

「ああだが、ひとつだけ確認したい資料があるんだが、いいか？」

「何か事件ですか？」

途端にそわそわするティナを見て、クレドは思わず彼女を抱き締める。

(ああもう、復帰しないとか言いつつ仕事が気になるんだな！　そういうところが可愛い！　可愛すぎるぞ！)

不器用な妻を愛でながら、クレドは彼女の手を引いて書斎へと向かう。

「よかったら一緒に目を通そう。お前にも、関わり合いがある事件だからな」

広めのソファに腰を下ろし、クレドが取り出したのは彼が大怪我をすることになった火事に関するものだ。

担当しているのはガハラド小隊ではないが不審な点が多く、クレドにも目を通してほしいと上から直に言われたのだ。

「でも、騎士の資料を一般人の私が見ていいんですか？」

「いい。むしろお前に見せる前提で渡されたものだ」

ティナが騎士団をやめてクレドは本気で凹んだが、周囲は「どうせ痴話《ちわ》げんかだろ」「あのティナが剣を捨てられるわけないだろ」という認識らしい。

他の隊長からも「嫁の復帰はいつだ」と再三言われるし、部下たちも未だ彼女の机を片付けずにいる。

「それにお前は落胆していたが、あの火事の一件では英雄扱いされているぞ」

「むしろ、褒められるべきはクレド隊長でしょう」

「二人の手柄だ。団長からも『褒賞をあげたいから早く戻してあげなさい』とせっつかれている」

「褒賞って……団長ついにボケちゃったんですか？」

齢七十とはいえ、希代《きたい》の剣豪《けんごう》と称《たた》えられるローグ国の騎士団長をボケ扱いするティナにクレドは笑った。

その恐れ知らずさが騎士団では人気なのだが、当人は気づいていない。

（いやでも待てよ、騎士団に戻ったら前の調子でみんながティナをかまうのか……）

基本的に男の子扱いされているため、皆ティナとの距離がとてつもなく近い。

頭を撫でられるのは日常茶飯事だし、中には平気で肩や腰を抱く者もいる。

「ダメだ、抱きつくのはダメだ！　ティナを抱き締めていいのは俺だけだ！」

「……隊長、真面目に報告書読んでないでしょ」

ティナの呆れ声で考えが口に出ていたことに気づき、クレドは慌てて我に返る。だがティナがちやほやされる様が頭をよぎり、報告書の内容がまったく頭に入ってこない。

「くそっ……！　こんな有様では……あいつらを叱れない……」

「何を焦ってるのか知りませんが、隊長がまったく集中できてないのはわかりました」

仕方ありませんねと言うと、クレドが持っていた資料を奪ったティナが彼の膝の上にちょこんと座る。

「私が読んであげますから、ちゃんと聞いていてくださいね」

こくりと頷きながら、クレドはティナの身体を抱きかかえる。

昔から、クレドの気がそぞろなときはこうしてティナが書類などを読んでくれるのが常だった。何がきっかけでこの体勢になったのかは覚えていないが、たぶんクレドがねだったのだろう。

(改めて考えると、この体勢は距離が近い)

女だとわかっていなかったとはいえ、甘えすぎていたなと今更のように反省する。だがティナを抱きながら彼女の声を聞いていると、不思議と内容に集中できるのは事実だ。

(しかし妻を抱きながら聞くなら、もっと穏便な事件の報告書がよかったな……)

　資料によれば、二人が関わった火事は人為的に起こされたもの――それも人身売買を行う組織の手によるものである可能性が高いらしい。

　二人が巻き込まれた火事では犠牲者が出なかったが、今月に入って既に七件の火事が起き、若い娘ばかりが犠牲になっているという。

　だがのちの調査によると、焼け跡から遺体は見つかっていないらしい。

「お前がロデンバールの屋敷で捕まえた男も組織の一員だったようだが、依然アジトの場所は不明のようだな……」

「うちの騎士たちは有能なのに、どうやって逃げているんでしょうか」

「都は広いし道も複雑だからなぁ」

「地下には下水道も広がっていますしね」

　下水道のことは盲点だったので、ティナの言葉にクレドははっとする。

「そうだな。そちらも調べるように、進言してみよう」

　言いながら、クレドはこれ以上気が滅入《めい》る前にと資料を遠ざける。

「しかし、あまりにやり方が汚いな」

「ローグ国の女性は世界一美しいと評判ですから、高値がつくのでしょうね……」

「確かに白い肌も、金糸の髪やサファイア色の瞳も、本当に魅力的だ」

「……な、なんでじろじろ見ながら言うんですか」

「いや、美しい娘の代表がここにいるからつい」

「わ、私なんて攫う人いませんよ！」

「だが彼らは幼い子供もよく狙うだろう」

「まさかの子供扱い!?」

「子供のような愛らしさもあるという意味だ。愛らしい上に大人の色気まで併《あわ》せ持つなんて、売買目的で人を攫う奴らなら喉から手が出るほど欲しがるに違いない」

ティナが狙われたらどうしようとクレドは不安になるが、ティナのほうは彼の発言を鼻で笑っていた。

「私みたいな男女《おとこおんな》、絶対狙われません」

「だがしばらく外出は控えてくれ。それかせめて、外に出るときは男の格好をしてくれ」

「心配しすぎです」

「いや、ティナの可愛さを思えば、心配し足りない」

言いながら、クレドは自分の剣を差し出す。

「屋敷を襲うこともあるくらいだし、剣を肌身離さず持っていてくれ」

「それもどうかと思います！ ラザロ様や家の方々にめちゃくちゃ不審がられます！」

それに……と、なぜだかティナはそこで顔を赤らめる。

「一応武器は、持っているので」

「持っているようには見えない」

「見えないようにしてるんです。わかるように持ち歩くのは、淑女らしくないとルルに怒られて……」

「ということは、どこかに隠してるのか？」

尋ねると、ティナがドレスの裾をたくし上げる。見れば、彼女の右の太ももには銃とそれを括りつけるホルスターが巻きつけられている。

「ロデンバールのお屋敷では武器がなくて苦労したので、所持することにしたんです」

得意げなティナに感心すると同時に、晒された足の白さと銃身の輝きが妙に色っぽくて、クレドは小さく息を呑んだ。

「これで、安全でしょ？」

自分がいかに扇情《せんじょう》的な格好をしているかに気づかず、ドレスの裾を持ったティナは笑う。その笑顔を見た瞬間、クレドの理性がぐらりと揺れた。

「ひゃっ……ッ！」

直後、ティナの甘い悲鳴が書斎の中にこだまする。理由は、ホルスターが巻きついた太ももをクレドが優しく撫で上げたからだ。

「な……なんで……」

「そんなものを見せられたら、欲情するだろ」

「じゅ、銃に興奮するなんて、変態すぎます！」

銃ではなく銃を括りつけた足に欲情しているのだが、変態であることは否定できない気もする。

（女性らしいティナも好きだが、俺は彼女の凜々しい姿にも弱いのかもしれない）

正直、恋を自覚した今は彼女が素振りをしている姿にも欲情できる自信がある。

汗をかきながら一心不乱に剣を振る姿は美しく、可憐で、官能的だ。

その姿を想像しただけで股間のものが起ち上がるのを感じながら、クレドはティナの太ももに指を這わせる。

「こ……ここではだめです……」

「寝室まで行く余裕はない。それに部下たちも『刺激』が重要だと言っていたぞ」

「し、刺激？」

「いつもと違う場所でするとより興奮して、受け入れやすくなるらしい」

クレドの言葉を受け、ティナの抵抗が明らかに弱まる。

「でも、ここはラザロ様のお部屋とも近いし……」

「あれはもう、この時間は寝ている。それに人に聞かれるかもしれない危うさが、刺激になると思わないか？」

「……ただ、恥ずかしくなるだけのような気もするんですけど」

「恥ずかしいとより濡れる、と入門書に書いてあっただろう」

「た、確かにありましたけど……」

頬を赤らめながら、ティナはおずおずとクレドの顔を見上げる。

「でもあの、ちゃんと入れるときはベッドでしたいです」

「なら、今日はほぐすだけにしよう」

入れるには膣をほぐし、広げるのが重要だと入門書に書いてあった。

ただティナの膣は小さいほうらしく、ほぐすことすら容易《ようい》ではない。おかげでクレドのものが入る気配は今のところまったくないという現状だ。

（だが今なら、指くらいは入れられる気がする……）

妙な確信を抱きながら、クレドはティナを抱きかかえ書斎の奥にある執務机の上に彼女を乗せる。

普段は家に持ち帰った仕事をする場所に彼女を横たえ、クレドはドレスの裾をたくし上げた。露わになった足を開かせると、ティナの頬に赤みが増す。

「こ、この体勢は恥ずかしいです……」

「大丈夫だ、可愛い」

「可愛くないし、全然大丈夫じゃ……ッ、あっ、待っ——！」

恥じらいのあまり今にも抵抗しそうな様子を見かね、露わになったふくらはぎにちゅっと口づけると、途端にティナの声が甘い悲鳴に変わる。

（感じやすいところも、すごく可愛い……）

肌に触れるようになってから気づいたが、ティナは酷く敏感だ。よく今まで隠していたものだと驚くほど、クレドの指に淫らな反応をしてくれる。

でもティナはそれを恥ずかしいことだと思い込んでいるようで、いつもいつも快楽を抑え込もうと必死だ。声を我慢しようとすぐ歯を食いしばるし、そのせいで彼女は未だ一度も達したことがない。

「ティナ、今日は俺の指にいつもより集中してほしい」

「しゅう…ちゅう……？」

「気持ちよかったら我慢するな。声も反応も、自然に任せるんだ」

そのほうが力も抜けて指も入りやすくなるに違いない。そう思って微笑めば、ティナは戸惑いながらも小さく頷く。

「……は、はしたなくても嫌いになりませんか？」

「なるわけがないだろう！」

むしろもっと好きになって、彼女に溺れてしまうに違いない。

（ティナを求めすぎて、俺のもので傷つけてしまわないかそちらのほうが心配だ……）

クレドは我慢強いし己を抑えるのは得意なほうだが、乱れるティナを連日見ているせいで常に身体は辛いのだ。

それでも彼女を襲わないようにと我慢しすぎたあげく、気がついたら彼女の裸体を絵に描いていたことも一度や二度ではない。

もちろん彼女の許可もなく裸体を描くなんて最低だとは思うのだが、クレドにとって欲望のはけ口は絵を描くことなので、無意識のうちに何枚も何枚も描いてしまうのだ。

（増えたらティナに隠し切れないし……、そろそろ先端でもいいから入れたい……）

そんな思いを抱きながら、クレドはティナの足から下着を外す。危険がないように銃も外したが、ホルスターはそのままにした。

白い肌を締めつける黒い皮のホルスターはなんともいえず官能的だから、どうしてもそのままにしておきたかった。

「触れるぞ、いいな？」

ティナが頷くのを確認してから、クレドが彼女の秘裂にそっと指を這わせる。

まだ湿り気はほとんどないが、太ももやふくらはぎに口づけをしながらゆっくり指を動かしていると、じんわりと蜜がこぼれていくのがわかる。

ティナは太ももが弱いようで、白く柔らかな肌をクレドが優しく吸い上げると、ビクンと腰を揺らして身悶える。

「あ……やぁ……」

本当は心地よいくせに、ティナは嫌がるように頭を振る。

「そんなところッ……あぅ……嘗め…ないで」

するなと言われると抗いたくなるのはなぜだろうかと考えながら、クレドはあえて太ももを舌で舐《ねぶ》る。

「ああっぅ……やぁ…だめ……」

嫌がっているようにはまったく聞こえない。むしろもっと欲しいと聞こえたところで、クレドはふと蜜の滲み出す秘裂に目を向ける。

（ここに舌を這わせたら、彼女はもっと喜んでくれるだろうか……）

ティナがクレドのものを口に含んだとき、えも言われぬ愉悦を感じることができた。ならば同様に、クレドもまたティナを心地よくできるかもしれない。

（今度は俺が、彼女をいかせてやりたい）

そんな思いから、クレドはティナの下腹部にそっと顔を近づける。

「……だ、だめ……です！」

彼のしようとしていることを察したティナは逃げようとしたが、腰と太ももを押さえつけながらこぼれる蜜をクレドの舌先がすくい上げる。

「ッ……ああ……ッ！」

途端に、いつになく甘い声がティナの口からこぼれた。グチュリと音を立てながら蜜があふれ出し、クレドはその甘さにそっと目を閉じる。

「……嘗めるの……だめッ……ンッ……」

秘裂を舌先でこじ開け、蜜をかき出しながらクレドが彼女の入り口をゆっくりと押し開く。既に指で何度かほぐしているので、痛みはもうないのだろう。ティナは全身を震わせながら、心地よさそうに喘いでいる。

「クレド……たい…ちょう……」

いつしか抵抗の言葉も消え、むしろもっと縋るように声に甘えが増している。

彼女の望みに応えるべく、クレドは舌を使ってティナの中を探った。

食らいつくように秘裂をしゃぶり、柔らかくなり始めた洞《ほら》をぐっと押し広げれば、一際大きくティナの腰が弾む。

「ンッ……そこ、やぁ……！」

彼女が机から落ちないように気遣いつつ、洞を探っていたクレドはティナがいつになく良い反応をする場所を見つける。そこに舌先が当たるように顔の角度を変えながら、クレドは容赦なく彼女の中を刺激した。

「だめ……ああっ、おかしく……なっちゃう……」

目を開けて彼女を窺えば、どうやら羞恥心から彼女は愉悦を我慢しようと必死になっているらしい。

「おかしくなればいい。むしろ、快楽に身をゆだねるんだ」

秘裂から口を離し、代わりに指をティナの中にズブリと差し入れる。

(ああ、これなら、二本はいけそうだ……)

より深く彼女を感じさせたくて、クレドは差し入れる指の数を増やす。

圧迫感を感じたのか、ティナは嫌がるように頭を振る。

だがすぐさま表情は蕩《とろ》け、口からは熱い吐息がこぼれ出す。

妖艶な色気を醸し出す相貌に引き寄せられ、クレドは彼女の腰の側に片腕をつき、乱れる姿をじっと見つめる。

「…みな……いで……」

「無理だ。こんな美しいものから、目など背けられない」

クレドの指使いに合わせ、ティナが淫らに上り詰めていく。

彼女が果てる姿を見逃したくなくて、クレドは肉壁を強く抉りながら小さく息を呑む。

「ああっ……変に……変になるの……」

「なればいい」

「でも……私……」

「恥ずかしがるな。むしろティナの乱れる姿が、俺は見たい」

指で蜜をかき出しながら、秘裂の上で輝く紅玉を親指でぐっと押しつぶす。

その途端ティナがのけぞり、全身を慄かせた。

「アアッ……ン――――！」

一際強くクレドの指をくわえ込み、ティナは愉悦の奥に果てた。

身体を弛緩させながら全身で悦楽を享受する様はあまりに神々しく、愛おしい。

「ティナ……」

愛していると伝えたくて、クレドはそっと彼女の名を呼ぶ。

けれど初めて上り詰めたティナはまだ、淫らに震えるばかりでクレドの声に気づかない。

そんな姿もまた愛おしいと思った直後、幸福な空気をかき消すようにクレドの頭がずきりと痛む。

（……なんだ……頭が……急に……）

あまりの痛みに倒れそうになる身体を、クレドは必死に立て直す。

震えるティナの側に片腕をつき、彼は頭を押さえた。

「……ッ!?」

次の瞬間、すぐ側で身悶えていたティナの姿が見覚えのない女性のものと重なる。

『いや……痛い……痛いの……入れないで……お願い……!』

泣き叫ぶ女の声も、自分の身体を押しのけようとする腕も幻覚だとわかっていた。

だが、あまりの鮮明さに、クレドは思わず吐き気を覚える。

「……クレド……隊長……?」

そこでティナがようやく自分を取り戻し、彼の名を呼んだ。

その声で幻覚は消えたが、頭痛と吐き気は収まらずクレドは慌てて彼女から身を引く。

「すまない……すこしひとりに……」

してくれという言葉さえ口に出せず、クレドは慌てて部屋を飛び出した。

その次の瞬間、再びあの幻覚が目の前によみがえり、クレドは倒れ込むようにして自室に入る。

そのまま床に倒れたところで、彼は意識を失った。

◇◇◇

翌朝、ティナは浮かない顔で朝食の席に着いていた。

「旦那様は、まだお休みになっているようです」

家令のエンツォがメイドと話している声を聞き、ティナは目の前に置かれた食事を無言で見つめる。

（クレド隊長は、いったいどうしてしまったのかしら……）

書斎で触れ合った後、クレドは青ざめた顔をして部屋を出て行ってしまった。

何か粗相をしてしまったのかと思い慌てて追いかけたが、彼が籠もった部屋には鍵がかかっていて入れず、顔を見ることも叶わなかった。

朝になりエンツォとラザロも様子を見に行ったようだが、「ちょっと調子が悪いみたいだからそっとしておこう」と言うばかりである。

具合が悪いのなら見舞いたいが、二人してティナを中に入れまいとしている雰囲気を感じ、強くは言い出せなかった。

（調子が悪くなったのは、やっぱり私のせいなのかしら……）

クレドが求めるがまま、ティナは彼の手によってはしたなく達してしまった。

彼の様子がおかしくなったのがその直後だったことを考えると、原因は自分にあるとしか思えない。

クレドが苦手な涙だけは見せないようにと思っていたが、初めての絶頂で我を忘れている間に、彼が苦手にしている女性的な反応をしてしまっていたのかもしれない。

そのせいで臥《ふ》せっていたらと考えて、ティナは思わずため息をつく。

「そ、そんな顔しないでよティナさん。兄さんはちょっと、具合を悪くしているだけだから」

クレドに代わり、一緒に朝食を取ろうと誘ってくれたラザロが明るい声を出す。

「怪我が治ったばかりなのに仕事に行くから、きっと疲れが出たんだよ。今日一日休ませれば、また元通りになる」

書斎でのことがなければ、ティナもその言葉を信じられただろう。

(でも絶対に違う……。やっぱりクレド隊長がおかしくなったのは、私のせいよ)

思っていた以上に彼の女嫌いは深刻だ。なのに自分ならば平気だと思い、はしたない女の顔を晒してしまったことをティナは悔やむ。

(私と身体を重ねるのが苦痛だとしたら、どうしよう……)

そう思いつつも、前のように今すぐ身を引こうと思えなくなっている自分に気がついて、ティナは愕然《がくぜん》とする。

騎士団にいたときはすっぱり諦めがついた。その後クレドと恋人のまねごとをしているときだって、側にいるのは一時的なものだと割り切ることができた。

でも『妻』という肩書きを手に入れてしまった今は、クレドに拒絶されるかもしれないと考えただけで、心が引き裂かれそうだった。

一緒に暮らすようになってまだ四日しか経っていないのに、ティナは自分でも驚くほど彼との生活を居心地の良いものと考えている。

彼の横で目覚める朝も、仕事に行く彼を送り出すときも、帰ってきた夫のキスを受け入れる瞬間も、その全てが甘く優しく幸せだった。

逆にクレドが食事に顔を出さないだけで、豪華な料理が驚くほど味気ない。

（どうしよう、私……前よりずっと……隊長が好きになってる……）

そしてこの感情を消すことは不可能だという強い予感に、ティナは未だかつてない絶望を抱いたのだった。

◇◇◇

目の前に、暗闇が広がっている。

どうやら自分は丸一日臥せっていたらしいと気づき、クレドはようやく我に返った。

（ここは……）

僅かに残る頭痛に目を細めながら、クレドは辺りを見回す。

カーテンの隙間から覗く僅かな月明かりを頼りに目を凝らせば、どうやらここは自分の部屋らしい。そしてなぜか、彼は絵筆を強く握っていた。

（もしやまた、こらえきれなくなった欲求を絵にしてしまったんだろうか……）

しかし彼の前にカンバスはない。代わりに床には大量の紙が落ちていて、どうやらそこに彼は何かを描き殴っていたらしい。

（また、ティナに見せられないものが増えてしまったのか……）

頭を抱えながら、とりあえず部屋を片付けなければと思ったクレドは暖炉の上に置かれた燭台に火を灯す。

「……兄さん、これ、どうしたの……？」

部屋の扉が開き、弟の声が聞こえてきたのはその直後のことだ。

クレドはノックくらいしてくれと言うために振り返り、床に落ちた絵を見るラザロの顔にはっと息を呑む。

ラザロの顔には驚愕と、僅かな恐怖に歪んでいた。

なぜならクレドが描き散らかした絵は、いつもとはまるで雰囲気の違うものだったからだ。黒一色で描かれたそれには、ティナではない別の女性が描かれている。

（そうだ……俺は……あのとき急におかしくなって……）

ようやくこの部屋に飛び込んだ経緯を思い出し、クレドはふらつきながら暖炉のふちに腕をつく。

今にも倒れそうになったのは、絵に描かれていた女性の正体を彼が思い出したからだ。

「兄さん、この絵……」

床に落ちた絵を拾い上げ、ラザロが駆け寄ってくる。

「なんでこんな……こんなもの描いたんだよ!!」

温厚な弟が、珍しく怒りに満ちた目でクレドを睨んでいた。

彼が怒るのも無理はない。彼が持つ紙に描かれていた女性は彼らの母だった。

しかも絵の中で、母は見知らぬ男たちに服を裂かれ、酷い乱暴をされていた。表情や体位は少しずつ違うが、床に落ちた絵はどれも唾棄《だき》すべきものだった。

「……思い出したんだ、急に」

「思い出したって……何を……」

「あの夜のことだ」

絵の中の母親は苦痛に満ちた表情を浮かべ、泣いていた。そしてそれとまったく同じ顔を、クレドはかつてこの目で見たのだ。

「自分がおかしくなった理由も、女が苦手な理由もわかった。……あの夜、俺のせいで母は死んだんだ」

ラザロの握り締める絵を見つめていると、ずっと忘れていた記憶が少しずつ鮮明になる。


クレドが十一歳になった夏の初め。水の月九日の夜――。

彼は家族で、王都の北にある別荘に来ていた。

避暑地として有名な湖畔沿いの別荘に来たのは、身体の弱い父親とラザロのために少しでも涼しい所で夏を過ごそうという母の提案からだった。

だが長旅の疲れでラザロは体調を崩し、近くの病院で一夜を明かすことになった。

そんな彼に付き添うことになったのはエンツォだった。

本当は母が付き添う予定だったが、彼女も少し体調を崩し気味だったので、クレドと両親は他の使用人を連れ、先に別荘へと向かうことにしたのである。

そしてその夜、悲劇は起きたのだ――。

その頃、別荘地の近郊では盗賊による窃盗と強姦事件が起きており、その犯人たちが目をつけたのがクレドのいる別荘だったのである。

賊の数は僅か三人だったが、事件のことを知らなかったクレドの両親は私兵を雇っていなかった。

剣の腕に覚えのある者はおらず、彼らはクレドの父親を含む男たちを無残に殺し、女たちを縛り上げた。

目的が金品の略奪だけならよかったが、残念ながら彼らの一番の目的は他にあった。

女性の強姦である。

賊が母に目をつけたとき、クレドはまだ子供部屋で眠っていた。運良く、賊たちはまだクレドの存在には気づいていなかったのだ。

だが賊が母に乱暴を働く声で、クレドは目を覚ましてしまった。

痛みに泣き叫ぶ母の声に気づき、慌てて部屋に飛び込んだ彼はそこで男たちの手によって裸に剝かれた母の姿を見た。

陵辱されたことで母親はおかしくなってしまったのか、やめてと泣き叫びながらもその声には確かに女の色香が混ざっていた。

今思えば部屋にはなんともいえない甘い香りが漂っていたから、彼らは人を情欲に狂わせる薬か何かを使っていたのかもしれない。

見知らぬ男にめちゃくちゃにされながら、喘ぐ母の姿を見た瞬間クレドはまったく身動きが取れなかった。

そして次の瞬間、彼は男たちに捕まり意識が朦朧となるほど殴られたのだ。

その後の記憶は、鮮明ではない。

残っている数少ない記憶の中で、彼は男たちの下卑た声を聞いていた。

『こんなに簡単に喘ぐ女だ。息子のものでも、感じるかもしれないぞ』

ぐったりした身体を担ぎ上げられ、得体の知れない薬を嗅がされ、クレドは服を脱がされそうになっていた。

彼らの狂気と熱に身も心も侵食されるような錯覚を味わいながらも、クレドは母を酷い目に遭わせることだけはしたくないと必死に抵抗していた。

そんなとき、それまでぐったりしていた母の目に僅かな理性が戻ったのだ。

『その子を放して！』

果敢にも母はクレドを奪い返そうとしたが、それはあまりにも無謀だった。

伸ばされた手はクレドには届かず細い腕はへし折られ、男のナイフが母の胸に深々と刺さった。

息絶えた母の顔から涙がこぼれ、それを見たときクレドの中で何かが壊れたのだ。

絶望の中に残る最後の記憶は、母の胸から引き抜いたナイフを、賊たちに突き刺したところで終わっている。

(……あの瞬間、俺は初めておかしくなったのか)

自分を失うという奇妙な体質の理由に、クレドはようやく納得がいく。しかしその原因はあまりに残酷だった。

(いっそもっと早く壊れていれば、母は死なずにすんだかもしれないのに……)

後悔に苛《さいな》まれながら、クレドはラザロが持っていた絵を奪う。

それから彼は、残酷な記憶の欠片をめちゃくちゃに破り暖炉の中に投げ入れ火をつけた。

部屋中に散らばっていた絵も集め、破っては火にくべ、燃える様をただただ見つめた。

何枚も何枚も火にくべた後、クレドは懐にもう一枚丸められた絵が残っていることに気づく。いくら火にくべても過去は消えないとわかっていたが、行き場のない気持ちはどうにもできず、懐の絵も怒りにまかせて破いてしまおうと思った。

「――ッ」

けれどそれは、破れなかった。

記憶に呑み込まれ、醜い絵ばかり描いていたはずなのに、胸にしまわれた絵だけは違ったのだ。

「……ティナ」

暖炉の前に膝から崩れ落ちたクレドが握り締めていたのは、ティナの絵だった。欲望に満ちたものではなく、彼女が微笑んでいるだけの何の変哲《へんてつ》もない絵だ。でもその絵が、クレドには救いのように思えた。

「クレド隊長……？」

そのとき、ラザロが開けたままにしていた扉の向こうから、か細い声が響く。

はっとして顔を上げると、そこには不安そうな様子で中を覗くティナの姿があった。

彼女の顔を見た瞬間、クレドはふらつきながら立ち上がる。

今すぐティナを抱き締めたくて、クレドは彼女に近づいた。

けれど抱き締めようと腕を伸ばしたとき、クレドは自分の手が真っ黒に汚れていることに気がついた。

無心で絵を描き殴るうちに、彼は黒い絵の具で手を汚していたのだろう。

それを見ていると、母を笑いながら犯し、残酷に殺した賊の腕が脳裏をよぎる。嫌がる母の身体を這い回っていた泥と血で赤黒く汚れた手と自分の手が重なり、彼は息を呑んだ。

（この手で……ティナには触《さわ》れない……）

触れれば彼女も穢《けが》してしまいそうな気がして、どうしてもティナを抱き締めることができなかった。すぐ側にいるのに触《ふ》れられないもどかしさに顔をしかめたとき、ティナがクレドの持つ絵に気づく。

「あの、それは……？」

くしゃくしゃになった絵にティナは興味を持ったようだが、自分が彼女を描いていたことをクレドは知られたくなかった。

クレドにとっては救いの絵でも、ティナにすれば気味の悪いものだろう。そもそも無断で何枚もティナの絵を描いていたなんて知られれば、嫌われる可能性もある。

（今ティナに嫌われたら、俺はたぶん生きていけない……）

過去に絶望していても、彼女が前にいることで何とかクレドは自分を保てていた。なのにもし彼女が離れてしまったら、きっとクレドはもう立ち直れない。

それこそ、野獣と呼ばれた不安定な自分に逆戻りしてしまう気がする。

「な、なんでも……ないんだ……。ただちょっと、絵を描いていただけだ……」

絵を懐に隠し、クレドは絵の具で汚れた手を後ろに組んだ。

「本当にそれだけ……ですか？」

怪訝そうなティナに、クレドは慌てて頷く。

「色々と描き散らかしてしまって……ラザロに手伝ってもらって掃除をしていたんだ」

「なら、私もお手伝いを……」

「それはいい！」

強く拒絶してしまってから、クレドは他に言い方があったと後悔する。

「君を汚したくないんだ。絵の具をこぼしてしまって……だから……」

何とか言い訳を重ねると、ティナは小さく頷いた。

「片付けてすぐ行くから、先にベッドで待っていてくれ」

「……クレド隊長が、そうおっしゃるのなら」

うつむいてしまったせいでティナの表情はよく見えなかったけれど、彼女が素直に部屋を出てくれたことにほっとする。

そして残されたクレドは、成り行きを黙って見守っていたラザロに視線を向けた。

「……絵のことは、その、ティナには……」

「わかってる」

この部屋の惨状と兄のただならぬ雰囲気を見て何かを察したのだろう。ラザロはそう言って、クレドの肩をそっと叩く。

「むしろ部屋の片付けはエンツォに任せて、兄さんは休んだほうがいい」

クレドの様子がおかしいのはラザロも知っていたらしく、説明も自分がすると告げる。

「すまない、ありがとう」

弟の厚意に甘え、クレドは汚れた手を洗いすぐさま寝室に向かうと、ティナはもう眠っていた。彼女の隣に横になろうとして、そこでクレドの頭が僅かに痛む。

（まただ……）

先ほどのように嫌な記憶があふれ出してしまいそうで、クレドは慌てて身を引いた。

ティナの側であの記憶に呑まれたら、我を失い彼女に乱暴を働いてしまうかもしれない。

かといって、別の部屋で眠ることもきっとできない。
(彼女が側にいないと、またおかしくなりそうな気がする)
仕方なくベッド脇に椅子を動かし、クレドはそこに座る。
ティナの寝顔を見ていると心が安まり、胸の不快感も消えていく。
彼女に触れたい気持ちをこらえながら、クレドは椅子の上で膝を抱えた。
(……ティナ、どうか俺を嫌いにならないでくれ)
もう愛おしい人を失いたくない、彼女だけはいなくならないでほしい。
そんなことを思いながら、クレドは眠る妻の顔をいつまでも見つめていた。

第八章

早朝――、逃げるようにして部屋を出て行く夫の姿を眺めながら、ティナはひとり重いため息をこぼした。

（やっぱりおかしい。絶対、おかしい）

ティナが目覚める前にクレドが仕事に行くようになってから、もうすでに一週間が経過している。

ティナが眠っているとクレドは思い込んでいるが、気配に敏《さと》いティナは彼がこっそりと身支度を整えているところでいつも目を覚ます。

だがこっそり出て行こうとするクレドになんと声をかけるべきかわからず、つい寝たふりをしてしまうのだ。

クレドが毎朝律儀に残していく手紙を読むと、早々に出て行くのは仕事が忙しいからのようだ。

実際、クレドが時々持ち帰ってくる事件の報告書を読む限り、多忙なのは間違いないようだった。

騎士たちの奮闘により火事や誘拐は防がれているが、騎士団に嗅ぎつけられたと知った人身売買の組織は、集めた少女たちを国外に運び出す計画を練っているらしい。

計画が実行される前にアジトを突き止め少女たちを保護したいところだが、残念ながら敵は尻尾を出さないようなのだ。

故に騎士団総出で捜査が行われることとなり、同様の組織を壊滅させたことのあるクレドが、指揮を執ることになった。そうなれば帰る暇もないほど忙しくなるのは自然の流れだ。むしろそれでも、足繁く帰ってきてくれるだけ妻想いだとも言える。

(でももう、一週間は触ってもらってない……)

密な触れ合いはもちろん、さりげないスキンシップすらない。それどころかクレドは、毎晩帰ってきても絶対ベッドに入ってこないのだ。

ただでさえ睡眠時間が少ないのに、クレドはベッド脇に置かれた椅子でいつも眠っている。さすがに気になって理由を聞いたら「何かあればすぐ起きなければならないのに、ベッドだと熟睡しすぎてしまう」と言っていた。もっともらしい理由ではあるが、告げる彼の目は完全に泳いでいた。

(隊長、びっくりするほど嘘が下手なのよね……)

そこに僅かでも真実が混じっていればまだいいが、まったくの嘘となるとすぐ目が泳ぐし動揺するのがクレドという男なのである。

ただ、嘘をつかれているティナのほうが心配になるほどの挙動不審さを見ると、追及することができなくなってしまう。

(必死に嘘をつくってことは、きっと私だけには知られたくない理由があるんだわ……)

だとしたら書斎での一件が原因な気がして、問いかけることが更に躊躇われる。

嘘をつきながらも、クレドは夫婦生活を続けようとしてくれている。だとしたら今は、それに乗るべきだろうと自分を納得させつつ、ティナは起き上がる。

そして普段通りに一日を過ごそうと思ったが、結局すぐまたクレドとのことで頭がいっぱいになり、その日は朝食もあまり食べられなかった。


そんな彼女の元に客が訪れたのは、ティナを心配したエンツォたちが「少しでも栄養のある物を」と昼食を用意してくれた矢先のことであった。

「ティナお姉様!!　大変なの!」

珍しく大きな声を上げながら、ティナの私室に飛び込んできたのはルルだった。

外出用の可愛らしいドレスに身を包んではいたが、完璧な装いを崩さない彼女が、珍しく髪と息を乱していた。

ただならぬ様子を見て、彼女を部屋まで案内してきたラザロが「水を取ってくる」と駆け出す。

だが二人きりになった途端、息をつく暇もなくルルがティナの手を掴んだ。

「お願い、今すぐ一緒に来てほしいの！」

「今すぐって、あなた息も絶え絶えじゃない」

「でも行かないと駄目なの！　クレド様が……クレド様が！」

まさかクレドに何かあったのかと心配になった瞬間、ルルの顔に浮かんだのは怒りの表情だった。

「浮気してたの!!」

予想外の言葉にティナが驚いているとルルは勝手にティナの外套《がいとう》を取り出し押しつけた。

「私見ちゃったのよ。クレド様が、骨董品街の茶屋で女性と一緒にいるの！」

「でも、隊長は今日仕事で……」

「そんなわけないわ！　私服だったし、それにものすごく楽しそうだったのよ……！」

言ってから、ルルはティナが受け取らない外套を握り締めて唸《うな》る。

悔しそうな顔を見ていると、ルルが嘘をついているとは思えなかった。

(浮気……あの隊長が……？)

ありえないと一度は思ったが、ティナははっと気づく。

(待って……。あの隊長が、女の人と笑っていたの？)

それが本当なら、彼の女嫌いは治ったということだ。

「ねえルル……。その女性は、どんな人だった？」

「すごく綺麗な人よ。背が高くて胸も大きくて、男の人がすぐ熱を上げそうなタイプ」

つまり自分とは真逆だと思った瞬間、ティナの中に絶望が広がる。

（そんな人……私じゃ勝ち目ない……）

ルルが口にした女性の特徴は、クレドが一番苦手とするタイプだった。そんな人と微笑み合っていたのだとしたら、やはり彼の女嫌いは治っているのだろう。

（やっぱり、私は隊長の好みじゃなかったのね……）

だからこそ、クレドは自分に触らなくなったのかもしれないと、ティナは思う。

女嫌いが治るにつれて、きっと彼は自分の好みにも気づいたのだろう。それとティナがかけ離れていたから嫌悪感が募り、この一週間は徹底的に避けられていたに違いない。

そう思った瞬間、ティナの中で何かがぷつりと切れた。

「ルル、今すぐおうちに帰ってお父様とお母様に私が離縁するって言ってきて」

さすがにこの反応は予想外だったのか、ルルが目を剝いた。

「ま、待って！　出来心かもしれないし、クレド様はお姉様の言うことには従うタイプだから、一度叱ればきっと……」

「いえ、離縁します。好きな女性ができたのならそちらと結婚すべきだわ。私はもともと女として隊長に求められているわけじゃないのだし」

そしてそれを、ティナはたまらなく悔しいと思った。

(好みじゃないなら、初めからそう言ってよ！)

息を吐くように可愛いと連呼する男だから、自分の好みをはき違えていても不思議はない。そうとわかっていても、やはりティナは辛かった。

(たぶんその女性が好きだってことも、隊長はまだわかっていないんだわ。浮気なんて簡単にできる人じゃないし、きっと無意識で惹かれているのよ……)

クレドが笑顔を向けられる女性というだけでもう特別なのだ。

そのことにきっとクレドは気づいていないだろうし、たぶん誰かが――ティナが告げなければ彼が自分の気持ちを知ることはないだろう。

けれど損な役回りはもうまっぴらだとティナは思った。一時期は彼のためにデートをしたし、女嫌いを克服する手伝いをしたいとも思ったが、これ以上はもう無理だ。

(好きな人の恋の手伝いなんて、絶対にしたくない……)

だってティナはずっとクレドの隣にいたのだ。結婚だってしたし、ずっと一緒にいようとさえ言われたのだ。

(私のほうが絶対クレド隊長のこと好きなのに、隊長のこと大事にできるのに、それにも気づかないならもう知らない！)

ルルが見たのがクレドの運命の相手だとしても、それを得る手伝いをするのは絶対にごめんだ。

離縁すると決めたティナの決意を察したのだろう。ラザロが戻る前に、ルルはティナの気持ちを両親に伝えるため屋敷へと帰った。

　そしてティナも「お世話になりました」という書き置きを残す。

　玄関から出ると使用人に止められそうなので、ティナは荷物も持たずに窓からこっそり屋敷を出た。そのまま、彼女は取り囲む塀を乗り越え、屋敷の敷地外へと飛び降りる。

　その際勢い余って足を軽くくじいたが、それでも振り向かずに歩き出した。

　一歩前に進むたび、頭にクレドの顔が浮かんでは消えるのが更に悔しくて、痛む足を引きずりながらティナは懸命に前へと進んだ。

「そもそも、六年も一緒にいて……女だって気づかないところからして最低よ！」

　気がつけばずっと腹に抱え込んでいた恨みが、言葉になってこぼれ出す。

「可愛いとかすぐ言うし、優しいし、褒め上手だし、顔もいいし、好きになるなって言うほうがおかしいのよ」

　その上馬鹿みたいに執着までされたら、どうやっても好きになってしまうではないか。

「一緒にいたいって……好きになってほしいって思って何が悪いのよ……。それで騎士の仕事ができなくなったって仕方ないじゃない！　好きなんだもの、身体だって反応するわよ……！」

　周囲に人がいないのをいいことに、ティナは目を潤ませながら恨み言を並び立てる。

　言葉にして、そしてようやく彼女は気づいた。

「私、本当はクレド隊長に愛されたかった……。好きになってほしかったのに、今更他の女の子を好きになるなんて、そんなのあんまりよ……」

部下としてだけでなく、本当は女性としても大事にされたかった。

今思えば、騎士団をやめたのも、きっと彼が別の誰かを選ぶ瞬間を側で見たくなかったからだろう。

(たぶん私……、自分が隊長の運命の相手じゃないって気づくのが怖かった……)

騎士として仕事で失敗するよりも、その事実を突きつけられるのが怖かった。

(でも私の運命の相手はたぶん、クレド隊長なんだ)

一週間とちょっとの間だったけれど、一緒に暮らせばクレドがどれだけ大切で、どれほど愛おしい相手であるかはわかってしまう。

何せ彼を想うだけで、ずっと我慢していた涙がこぼれてしまうのだ。

クレドに嫌われたくなくて、涙だけはずっと見せなかった。

けれど本当はずっと泣きたかった気がする。初めて触れられたときには喜びの涙を、彼と距離ができてからは悲しみの涙をずっとこぼしたかった。

でももう我慢するのはやめようと、ティナは顔を手で覆ってその場にしゃがみ込む。

声も出したかったが、それは情けなさすぎる気がして歯をぐっと食いしばる。こんなときでも、往来で女々しく泣くのは騎士らしくないという考えが浮かんでしまったのだ。

(もう騎士じゃないのに、おかしいわよね)

淑女になりきれず、かといって騎士のように毅然としたままではいられない。

（結局最後まで、自分は半端者だった）

それが悔しくて更に涙をこぼしていると、しゃがみ込んだ彼女のもとに誰かが駆け寄ってくる気配がある。

人目を引きすぎたかと思い、ティナは慌てて立ち上がり涙を拭おうとする。

だがその腕を突然強く摑まれた。

驚き、濡れた目で前を向くと同時に、口元を何かで強く覆われる。

息を呑んだ瞬間、鼻孔を強く刺激したのは薬の匂いだ。まずいと思ったが、ティナの身体からはすでに力が抜け始めている。

（これ、意識を奪う薬だ……）

それを嗅がされているということは、相手は親切心でティナに近づいてきたのではない。ならば腕から逃《のが》れようと思った瞬間、男たちの下卑た話し声が聞こえてきた。

「最後に上物がもう一匹手に入ったぞ。さっきの小娘と合わせればいい金になりそうだ」

男たちの言う小娘がルルではないかという不安がよぎる。

（ううん、きっとルルだ。どうしよう、あの子きっとお供も連れずに来ていたんだわ）

ティナのためにと、たった一人急いで駆けてきたに違いない。それを確認すべきだったと思いながら、ティナはあえて抵抗するのをやめる。

「とりあえず店に運ぼう。地下を通れば、店までは騎士に見つからずに行けるはずだ」

意識を失いかけたティナを肩に担ぎ上げ、男が裏通りへと入る。

その間にもティナの意識は薄れていく。

男たちに気づかれないように注意を払いながら指を噛む。

(せめてルルだけは助ける……。半端者でも……家族くらいは、守ら……なきゃ……)

ただそれだけを思って、ティナは薬がもたらす睡魔と必死に戦い続けた。

◇◇◇

騎士団本部の西棟、騎士たちがせわしなく行き来する作戦会議室の中央で、クレドは円卓に広げられた街の地図を見つめていた。

「やはり隊長の読み通り、組織の隠れ家は街の中のようです」

ローグ国の西の外れ、骨董品を扱う商店が並ぶ通りを騎士の一人が丸で囲む。

「この辺りだと思いますが、今夜奇襲をかけますか？」

部下の言葉に、クレドは首を横に振った。

「いや、敵の拠点は複数に分散しているはずだ。もっと絞り込まないと、奇襲に気づいて逃げられる可能性がある」

クレドの言葉に、騎士たちは皆厳しい顔をする。

「『餌《えさ》』のほうはどうだ、食いつきそうか？」

「気配はありますが、まだかかりそうです……」

騎士の反応に、クレドもまた険しい表情を浮かべた。

（これ以上の収穫はない……か。このぶんでは、今夜は家に帰れそうもないな）

疲労が色濃く浮かんだ目元を押さえながら、クレドはそっと息を吐く。

人身売買の組織を壊滅させるため、任務にかかりきりだったこの一週間で彼の疲労は限界に達していた。

睡眠不足が続いていた上に、ティナとろくに触れ合えないことがかなりこたえている。

過去を思い出したあの夜から、クレドはティナと会話もあまりしていない。せめて眠っているティナにキスだけでもと思ったが、そのたびに母の死にざまが頭をよぎり身体が動かなくなってしまうのだ。

そのせいで身も心も安まらず、クレドは憔悴《しょうすい》しきっていた。

（俺は本当に、ティナが側にいないと駄目なんだな……）

自分の情けない有様に、改めてティナなしでは生きていけないのだと痛感した。

だがそうとわかっていても、今のクレドには自分からティナに触れることができない。

そうすべきではないという感情が、彼の身体を縛るのだ。

母が目の前で死ぬのを見たあの瞬間、クレドの心は一度壊れてしまった。

今でこそ少しはまともになったが、それは記憶を失っていたおかげかもしれず、全てを思い出してしまったことで、また野獣と呼ばれた頃に戻ってしまう可能性もある。

そんな自分のまま、ティナに縋りついてもいいのだろうかという葛藤が日々クレドを苛《さいな》んでいた。

野獣であった頃のクレドを受け入れてくれたティナだから、きっと事情を話せば、彼の過去も、痛みも理解しようとしてくれるだろう。

でも彼女は自分の役目を果たすことばかり考え、それに自分の意思や望みが伴っていなくても、自分がすべきことを優先してしまう人だ。

本当は嫌なのに、クレドのためにと無理をする可能性を思うと、以前のように甘えることがなかなかできなかった。

（とにかく、少しでも早く事件を解決しよう……）

冷静になる時間さえ取れない今は、悪い考えばかりが頭に浮かぶ。

だからまずは今の事件を解決しようと決め、その日も一日部下からの報告を待っていたが、残念ながら成果は得られないまま日も暮れ始めていた。

ローグ国の騎士は有能で、捕縛まであと一歩のところまで迫っているが、決め手となる情報は今日ももたらされない。

それにさらなる焦りを感じていると、別の部下が慌てた様子で会議室に駆け込んでくる。

「クレド隊長、弟さんがいらしてますが……」

どうにも歯切れの悪い口調を怪訝に思いつつ、通せと告げる。

許可を出すやいなや、既に部屋の前で待っていたらしいラザロが駆け込んできた。その青ざめた顔と苦しそうに息を吐く様を見てクレドは驚く。

「お前まさか走ってきたのか？」

昔からラザロは気管支が弱く、運動は禁じられている。だがこの様子では、かなり慌ててここまで来たようだ。

「……た、大変な……事が起きて……」

苦しげに咳き込むラザロに話すなと言いかけたクレドだが、弟の真剣な眼差しを見て言葉を呑み込む。

「ティナさんと……ルルちゃんが……消えてしまった」

「おい、消えたってどういうことだ！」

「わからない。でも家を出て行っちゃって……実家にも帰っていないって……」

「二人がいなくなったと気づいたのはいつだ？」

「お昼過ぎ、くらい……」

既に日が傾いていることを思えば、今も姿が見えないのは明らかにおかしい。

「最初は実家に帰ったと思ったんだ。でも使いを出したら、帰っていないって言うし。それで、辺りを捜したんだけど……これが……」

震える手で、ラザロがポケットから取り出したのはティナのハンカチだった。

ところどころ汚れたそれを広げて、クレドは目を見開く。

「……これは、ティナの血か……」

ハンカチには、血文字で何か書かれていた。それを見た瞬間、クレドの頭にカッと血が上り、凜々しい相貌が獣のごとく歪む。

「奴ら、よくも……」

低く震える声に、側にいたラザロだけでなく騎士たちもまた慄いた。

その中心で、クレドは鋭い眼差しを地図へと向ける。

「……もう、逃がさない」

それからしばしの間、彼はただ黙っていた。

だが鋭い相貌と、彼から立ち上る殺気のせいで、直属の部下たちには声をかけることなどできなかった。

たまたま様子を見に来たルーカでさえ入り口で硬直していたとき、側に置いてあったナイフを取り上げたクレドが、地図の上にそれを突き立てていく。

無言で机にナイフを振り下ろす様はあまりに恐ろしく、音がするたび騎士たちは悲鳴を上げ震え上がる。

「……拠点はここだ、奇襲をかける」

四本のナイフで地図上に印をつけたところで、クレドは地図からゆっくりと身を引いた。

静かな声ではあったが、その裏に見える激しい怒りに一同は息を呑む。

「な、なぜ、拠点の場所がわかったんですか……？」

勇気ある若い騎士が尋ねると、クレドが鋭い一瞥《いちべつ》を向ける。

騎士は慌てて押し黙ったが、クレドは手にしていたティナのハンカチをそっと広げた。

「俺の優秀な部下が、見つけてくれた」

ハンカチには、組織の者たちが今は使われていない下水道を利用し騎士の目をかいくぐっているという情報が書かれている。

たぶん移動に使われているのは、建国当時に作られた旧下水道だろう。

老朽化のため現在はそのほとんどが塞がれており、存在そのものが忘れ去られていたのだ。

クレドもティナの情報がなければ、思い出せなかっただろう。

「旧下水道なら街の外にも繋がっている。それを考えると、下水道の真上に建つこの四つの店のどこかに敵が潜んでいる可能性が高い」

それがわかれば、やることはひとつだった。

「俺の妻を奪い返す。そして全員、殺してやる」

獣のように牙を剝き、目をギラギラと輝かせるクレドの顔を見て、若い騎士の何人かが恐怖のあまり倒れた。

だが様子を見守っていたルーカだけは、恐れると同時に安堵していた。

野獣騎士と呼ばれた男は手がつけられないほど荒々しく残忍だが、どんな仕事も必ずやり遂げると、彼は知っているのだ。

同様に、ラザロもこうなったときの兄の有能さを知っている。

「……お前は休め、後は俺が片付ける」

そう言って部屋を出て行くクレドの背中を見つめながら、ラザロは小さく頷いた。

◇◇◇

遠くから、子供たちのすすり泣く声が聞こえる。

そのひとつがルルのものであると気づいた瞬間、ティナははっと身を起こした。

急に動いたせいで僅かに頭が痛んだが、本能が早く自分を取り戻せと訴えている。

「そうか、私……」

自分の状況を思い出し、ティナは辺りに目を配った。

ティナがいたのは、薄暗い小部屋だった。その中央に置かれた粗末なベッドに、彼女は寝かされていたらしい。

乱暴をされた様子はなく、手かせなどもはめられていない。

(それに……ドレスの下の銃も無事だ……)

状況から考えるに、どうやらティナはどこかの令嬢と間違われて誘拐されたのだろう。

(まあ、令嬢であることに変わりはないんだけど……)

よりにもよって、私を誘拐するなんてと思いながらティナはベッドを降り身体をほぐす。

嗅がされた薬のせいで頭痛と手足の痺れが若干残っているが、戦うには十分だ。

(でもまだ、そのときじゃないわね……)

薬を嗅がされた後、何とか意識を保とうとしたもののさすがにそれは無理だった。

けれど自分がいなくなったことに気づけば誰かが捜しに来ると読み、彼女は指を噛み、血文字でメッセージを残したのだ。

ティナが気を失っていると思ったのか、ハンカチを落としたことに男は気づかなかった。ならばいずれ必ず、クレドはティナのメッセージに気づく。

（普段は残念だけど、本来は聡《さと》い人だもの。隊長なら、きっとすぐ来てくれる）

確信を抱きながら、ティナは扉についた小窓から外を覗いた。

見れば、向かいの部屋にはティナよりも幼い子供たちが五人ばかり入れられている。

その中にルルの顔を見つけ、ティナはほっとした。

「ルル？　私よ、聞こえる？」

辺りに誰もいないことを確認してから、ティナはそっと声をかける。

彼女の声に気づいたのが、部屋の隅で膝を抱えていたルルがぱっと顔を上げる。

ティナの声に不思議そうな顔をしている他の子供たちの間を縫って、ルルもまた扉の窓から顔を出す。

「お姉様、もしかして助けに来てくれたの？」

「そ、そうだったらよかったんだけど……」

「まさか捕まったの!?　お姉様は騎――」

先に続く言葉を予想し、ティナが慌てて口に指を当てる。

はっと我に返ったルルは、急いで言葉を呑み込んだ。

「でもきっと、助けはすぐ来るわ。だから何があっても、抵抗せず静かにしていて」

あとできるだけドアから離れた場所で皆で固まっているようにと告げれば、察しのいいルルはすぐに頷いた。

(あの子なら、きっと他の子たちを上手くまとめてくれるはず)

となれば後は助けを待つだけだと考えた矢先、地響きと共に建物が揺れる。

(――来た！)

続いて、遠くから響いたのは激しい怒号だ。その中に「女を連れて逃げろ」という台詞を聞いたティナは、扉から離れるとベッドの上に戻る。

(奴らが逃げようとするなら、きっと少しでも高く売れるものを選ぶはず)

逃げるときに抱えやすいのは子供だが、同じ条件なら奴隷としての価値が高いのは自分のほうだと判断し、ティナはベッドに横たわり目を閉じる。

そのまま意識のないふりをしていると、読み通り「こっちの女だ」と声がして、誰かが部屋に入ってくる。

寝返りを打つふりをしながら確認すると、部屋に入ってきたのは二人。そのどちらも武器は携帯していない。

(これなら、勝てる)

瞬時に判断したティナは、彼女を担ごうと伸びてきた腕をぐっと摑んだ。

唖然とした男の額に思いきり頭突きを食らわせれば、情けない悲鳴を上げて一人目の男が倒れる。

続けざまにもう一人の股間に蹴りを食らわせ、ティナは男が持っていた鍵を奪った。

部屋の外に飛び出し、外側から鍵をかけてしまえばこちらのものである。

(あと他に、敵は何人くらいいるんだろう)

外に出たとはいえ、安全が確保できなければ子供たちを逃がせない。

ならばまずは退路を確保しようと廊下を進んだところで、ティナは上階へと続く階段を見つける。

どうやら自分たちは地下にいたらしいとわかり、すぐさま階段を上ろうとした。

直後、恐怖に満ちた悲鳴が響き、階段の上から血まみれになった男が転がり落ちてくる。

「や、やめてくれ――！」

驚いて壁際に寄ったティナは、足下にぐったりと倒れた男を見て息を呑んだ。

顔を何度も殴られたのか、男の顔面がぐしゃぐしゃに潰れている。

あまりのむごさに、本当に助けが来たのだろうかと不安がよぎる。

(待って、もしかして……これって……)

嫌な予感を覚えながら階段を駆け上がり、ティナは顔をしかめた。

一階には、ティナを攫ったとおぼしき男たちが血の海の中に転がっていた。そして彼らもまたその顔を激しく損傷させられている。

ぞっとしながら恐る恐る先に進めば、人を殴りつける音と男の泣き叫ぶ声が聞こえてきた。

声を頼りに食堂らしき部屋へと駆け込んだティナの足下に、小柄な男の身体が無残な有様で転がってくる。

それを放り投げた相手を見て、ティナは自分の予感が当たっていたことを知る。

「これは、俺の妻を攫った罰だ」

既に伸びている男たちの身体を摑み上げ、顔の形が変わるまで殴りつけていたのはクレドだった。

その表情は野獣のように荒々しく歪み、返り血が彼の相貌をより残酷なものにしている。

久々に見る野獣騎士の姿に、ティナもまた恐怖を覚えずにはいられなかった。

かつて見たときよりも、彼の異常さは増していた。行き過ぎた暴力を振るいながら、彼はその顔に歪な笑みさえ浮かべている。

(こんなの、クレド隊長じゃない……)

優しくて慈悲深い彼は、もはやそこにいなかった。

狂気に満ちた横顔はあまりに恐ろしくて、彼に気づかれる前に、この場から逃げたいという気持ちさえ芽生える。

(でも、止めるのは……。止められるのは私だけだ)

かつて、自分を嫌わないでほしいと縋りつかれた日のことを思い出しながら、ティナは

前へと進む。

その間にも、クレドは更に激しい罰を与えようと、騎士の剣を引き抜いた。

騎士にとって、剣は誇りであり正義の証《あかし》だ。それで命まで奪ったと知ったら、我に返ったときクレドはきっと苦しむ。

そう思ったティナは剣を振り上げたクレドに駆け寄り、彼の腰にぎゅっと縋りついた。

「正気に戻ってください！　彼らを裁《さば》くのは、騎士の剣ではなく法だと前に教えてくれたのはクレド隊長でしょう！」

ティナが声を張り上げた瞬間、クレドの手が男の身体を放す。

続いて剣もまた手放し、彼は驚いた顔でティナを見つめた。

その目はギラギラと輝いていて、顔にはまだ野獣騎士の名残がある。

でもティナが彼の前に回り、強張った頬にそっと触れれば、クレドの顔に情けなくて優しい表情が戻り始めていた。

「無事……か……？」

掠れた声で、クレドが尋ねた。

それに何度も頷いた後、ティナは彼を安心させるために優しく笑った。

「ええ。クレド隊長が来てくれるって、信じていましたから」

続けて感謝の言葉を伝えるつもりだったけれど、クレドの唇に言葉は奪われる。

いつになく荒々しいキスをされて驚いたが、嫌ではなかった。

心地よさにうっとりとさえしたが、口づけを終えたとき、クレドが大きく息を呑む。どこか泣きそうにも見える表情に、ティナは自分の頬と口元に触れた。どうやらクレドの顔を濡らしていた血が、激しい口づけと共にティナを汚していたらしい。

ティナは気にしなかったが、クレドはこの世の終わりを迎えたような顔をしている。

その顔が見ていられなくて、ティナはつま先立ちになると身を引きかけたクレドの首に腕を回した。

「やめないでください。私、隊長ともっとキスしたいです」

言いながら、今度はティナから唇を重ねる。

深い口づけは、つたないものだった。けれど強張っていた表情と身体を溶かすのには十分で、クレドがおずおずとティナを抱き締めなおす。

「すまない……お前を汚してはいけないと、そう思っていたのに……」

「これくらい汚れたうちに入りません。それに私は騎士です」

明るい声で言いながら、ティナは血に濡れたクレドの頬にも優しい口づけをする。

「血に濡れるくらいどうってことありません」

返り血には慣れているからと言葉を重ねると、クレドが更に強くティナを抱き締めた。

「なら、ずっとこうしていたい」

「私もです」

「キスも、もう一度したい」

「一度だけじゃ、全然足りません」

いつになく素直に、ティナはクレドの声に甘えることができた。

けれど、そこで彼女ははっとする。

「でも、今は駄目です」

「や、やはり嫌か……？」

「嫌ではなく、状況的に無理そうだなって思って……」

その理由を告げずとも、クレドもまたティナの言いたいことに気づいたようだ。

いつのまにか、建物の裏口から何者かが向かってくる足音がする。同時に聞こえてきた荒々しい声を聞く限り、騎士の応援ではなさそうだ。

「まだ敵がいたのか……」

「そういえば他の騎士たちはどこですか？」

こちらも増援が来れば楽なのにと思ったが、クレドは申し訳なさそうな顔をする。

「……他の拠点を制圧しに行っているが、たぶんここには来ない」

「来ない？」

「俺が怖いし強すぎるから、応援はいらないし送らないと言われた記憶がある」

野獣な一面が表に出ていたせいでよくは覚えていないが、ものすごく怯えられた記憶だけはあるとクレドは言う。

「じゃあ、二人きりでどうにかするしかないんですか？」

「ああ、ずっと二人っきりだ」

それはそれで悪くないと思っていそうなクレドに少々呆れつつ、新しい客が訪れる前にとティナは彼の腕から逃れる。

「……なら、今度こそ足手まといにはなりません」

言いながら、ティナはドレスの裾を引き裂いた。

そして太ももの銃を引き抜けば、クレドがなぜか拗ねたような顔をする。

「頼むから、敵には足を見せないでくれ。ティナの白い足を愛《め》でていいのは俺だけだ」

「……冗談ですよね？」

「わりと本気だ。お前とお前の足は、俺が死ぬ気で守る」

なんとも格好のつかない台詞を口にするクレドに、ティナは笑いながらもほっとした。

（もうすっかり、いつも通りの隊長に戻ったわね）

ルルに聞かれたら、乙女にかける台詞ではないと怒られそうだけれど、ティナはこの間の抜けた物言いこそ愛おしいと感じる。

「なら私は、隊長の背中を守ります」

火事のときのような失敗はしないと意気込んでいると、クレドが眩しそうにティナを見た。

「ああ、お前のことは誰よりも頼りにしている」

クレドがそう言って剣を拾い上げると同時に、組織の残党とおぼしき男たちが部屋へと駆け込んでくる。

惨状を見て僅かに慄きつつも、中にいるのがたった二人だけだとわかった途端、相手は明らかにほっとしていた。

相手の数は六人、その半数が銃を持っていることも加味すれば、自分たちが有利だと思いたくなる数の差だ。

だがガハラド小隊の隊長クレド＝ガルヴァーニとその副官ティボルト＝フィオーレにとっては、怯む人数ではない。

「ティナ、俺に続け」

大きくて逞しい背中が敵に突き進む様を見ながら、ティナは愛おしい夫を守るべく自らも武器を構えたのだった。

第九章

ティナの機転とクレドの活躍により組織を壊滅することができ、誘拐されていた少女たちも皆助け出された。

奇襲作戦のおかげで騎士には怪我人も出ず、想像以上の成果に国王自ら騎士団へ賞賛の言葉を贈ったほどだった。

とはいえ、クレドの行き過ぎた制裁はさすがに問題になり、彼は作戦遂行の翌日から三日間の謹慎を言い渡された。

(でもこれ、本当に謹慎なのかしら……)

家に帰るなり、それまでの避けっぷりはどこへ行ったのかと思うほどべったりくっついているクレドを見つめ、ティナは呆れた顔になる。

日頃の睡眠不足がたたったのか、それとも野獣になって暴れ回った反動か、クレドは家に着くなり倒れるように眠ってしまった。

その際にがっちり掴まれた腕を、彼が放す気配はまだない。本当に寝ているのかと疑いたくなる握力に驚きつつも、起きるまではこのままにしようと思い、ティナは彼と共に寝室で眠ることにした。

とはいえティナのほうは寝つけず、クレドの隣で一人思いを巡らせていた。

寝顔を見る限り、クレドはすっかり元の様子を取り戻している。

それを見ていると、何となくだけれど彼が野獣の一面を表に出すことは二度とないような不思議な予感があった。

ただそう感じているのはティナだけで、他の者たちは不安定になった彼を心配しているのだろう。

もともと彼は大怪我から回復したばかりだし、下手に無理をさせて野獣な一面がまた顔を出したらと不安がっていた。

そのためクレドが謹慎を言い渡されると、ティナに「くれぐれもクレドを頼む」「謹慎は謹慎だけど、奴を甘やかしていいからとにかく落ち着かせてくれ」と言ってくる上官たちは後を絶たなかった。

（相変わらず、みんな私のことを猛獣使いか何かだと思っているみたいね……）

まあ実際その通りかもしれないと思いつつ、ティナの腕に縋りつきながら眠っているクレドの顔をそっと窺う。

そのとき、閉じていたクレドの瞼《まぶた》が僅かに開いた。

顔を覗き込んでいたと知られるのが恥ずかしくて身を引こうとしたものの、気がつけば逆に彼に抱え込まれる形になる。

「ティナ」

耳元で呼ばれた声は甘く、どこまでも優しい。

恋人を呼ぶような声音にぎゅっと胸が締めつけられて、ティナは思わずクレドの胸に強く額を押し当てた。

（どうしよう……。名前を呼ばれるだけで、すごく嬉しい……）

この屋敷を飛び出したときはあんなにも腹を立てていたくせに、それがもはや遠い昔のことのように感じられる。

（いや、でも絆《ほだ》されちゃ駄目よ……。隊長は、私じゃなくて他の女性が……）

「……ティナ、愛してる」

けれどそこで、不意打ちのように甘い声がクレドの口からこぼれる。

驚いて息を呑んだティナを見て、彼もまた驚いた顔で固まった。どうやらここに来て、ようやく意識がはっきりしてきたらしい。

ティナに巻きつけた腕を放そうとする気配がしたかと思えば、「やはりだめだ」と唸りながらぎゅっと縋りつく。そんなことを繰り返すクレドを怪訝に思いつつも、先ほどの言葉が衝撃的すぎてティナは何も言うことができない。

（さっきのは幻聴？　それとも、私も一瞬寝ていたのかしら？）

などと考えながら戸惑っていると、クレドの大きな手がティナの頬にそっと触れた。

肌を撫でる手つきはどこまでも優しく、まるで宝物にでも触れているようだ。

凛々しい顔に幸せそうな笑みが浮かぶのを見て、ティナはようやく気づく。

「隊長は、私のことが好き……なんですか？」

「当たり前だろ」

さも当然という顔と声で告げられて、ティナは更に混乱する。

「え、好き……なの？」

「好きだが？」

何を言っているんだという表情をクレドが浮かべると、ほぼ同じタイミングでティナもまた動揺の表情を貼り付ける。

そこでようやく、クレドはティナの戸惑いの理由を察したらしい。

「待て、俺がティナを好きだと気づいてなかったのか!?」

「だって言わなかったじゃないですかそんなこと!!」

「言っ――――」

クレドは何か反論しようとしたが、情けなく口を開いたまま硬直する。

たぶん彼は、これまでのことを必死に思い出しているのだろう。

そのまましばらく動きを止めていたクレドだったが、最後は頭を抱えてうずくまる。

「何百万回と言ったつもりになっていたが、心の中だけだったかもしれない」

「そ、それ冗談ですよね？」

「いや、何千万かもしれない。ティナの顔を見るたびに好きがあふれて、止まらなかったんだ」

「でも、一回も……」

「結婚の申し込みをしたとき、言ったつもりだった」

「言われてないです。だから私、隊長が浮気してるって聞いて……」

「待て待て待て、浮気ってなんだ!?」

ガバッと身を起こし、クレドが素《す》っ頓狂《とんきょう》な声を出す。

その様子を見たティナは、ようやく自分が大きな思い違いをしていたことに気づいた。

「ルルが、隊長が女性と楽しそうにデートしているのを見たって……」

「デートなんてできるわけないだろ！　お前以外の女とは目を合わせられないんだぞ！」

「けど、相手はすごく美人で背が高くて巨乳だったたって……」

「そんなのが側に来たら俺は死ぬ！」

真顔で言ってから、クレドがそこであっと声を上げる。

「いや待て、もしやそれはルーカだったんじゃ……」

「ルーカ隊長は男ですし、巨乳じゃないです」

「でもきっとあいつだ！　お前のおかげでアジトの場所を特定できたが、最悪の場合あいつを『餌』に使うつもりだったんだ」

クレド曰く、組織のアジトを特定するために中性的な顔立ちの騎士たちに女装をさせ、彼らをあえて誘拐させるという作戦が秘密裏に進んでいたらしい。

「餌に食いつかせるため、ここ数日あいつと何度か外を歩いたから、それをルルが見たんだろう」

確かに、相手がルーカであるならクレドが笑っていたことにも説明がつく。

「お前ほど腕の立つ女性騎士はいないから、しぶしぶ野郎たちにドレスを着せていたんだ。その一人がルーカで、笑っていたのはたぶんその姿が面白かったからだと思う」

「じゃあ、浮気じゃないんですね」

「するわけがないだろう！」

言いながら、クレドはティナともう一度距離を詰める。

「愛しているのはティナだけだ！」

「け、けど私の身体が嫌じゃないんですか？」

「どうしてそうなる!?　嫌だなんて思ったことはない！」

「でもこの前、書斎で……」

思い出すのも辛くて、ティナの言葉が途切れる。だがティナ以上にクレドのほうが酷く辛そうな顔をする。

その顔が見ていられなくて、ティナはそっとクレドの手を握った。

すると彼は悲しげに笑った後、縋りつくようにティナの身体を抱き締めた。

「……ティナに、聞いてほしい話があるんだ。それを聞いたら俺を恐ろしく思うかもしれないが、それでも……言わねばならないことがある……」

響いた声は震えていて、ティナは思わずクレドをぎゅっと抱き締めた。

どんな話を聞かされても、自分が彼を嫌いになることはたぶんない。そう思いつつも、ティナはあえて何も言わず、クレドの背中をゆっくりと撫でた。


背中を優しく撫でるティナの手に促されるように、クレドはゆっくりと幼い自分の身に起きた出来事について語りだした。

陵辱されている母を目の当たりにしたことも、自分を守るために母が目の前で殺されたことも、それをきっかけに精神に異常をきたし、野獣と呼ばれる暴力的な一面を持つに至ったことも、彼は全てティナに伝えた。

「あの夜から、よみがえった過去に振り回されて、ティナに触れることさえできなくなったんだ」

「じゃあ私を避けていたのも……」

「嫌ったわけでは決してない。むしろ心の奥ではずっと触れたくてたまらなかった。ティナとこうして触れ合うことが、俺には何よりの喜びだから」

だからそれを失いたくないと告げながら、クレドはようやく顔を上げティナを窺う。

何かしら否定的な反応を覚悟していたが、クレドを見つめるティナの表情はどこまでも優しかった。

それを見ているとたまらなくなり、クレドはそっと、ティナの唇を撫でる。

「これからも、お前を好きでいてもいいだろうか？　そしてその唇に、口づけをしても許されるだろうか？」

「もちろんです。だってそれは、私の願いでもあるから」

そう言って微笑むティナの笑顔は、これまで見た中で一番美しかった。

同時に、その美しい笑顔を自分が壊してしまうのではという恐怖をクレドは感じた。

長いこと眠っていた荒々しい一面がよみがえった今、昔のようにまた自分を失うのではという思いはどうしても拭えない。

けれどそんな不安さえティナはお見通しらしく、彼女は自分のほうからクレドに優しく口づけてくれる。

「正直言うと、私こそクレド隊長に相応しくないってずっと思っていたんです。女らしくないし、身分だってさほど釣り合わないし、騎士としてもまだまだ半人前だから」

でも……と、笑うティナの顔に悲観的な色はない。

「好きだって言われた瞬間、そんなことどうでもいいって思えたんです。私も隊長のことが好きで、好きでたまらなくて……、何があっても手放したくないって思ったんです」

可愛らしさと騎士らしい凜々しさが合わさった笑顔を浮かべ、ティナはクレドにもう一度口づける。

「だから私、クレド隊長が抱いている不安を消せるように、もっと強くて、綺麗で、立派な奥さんになります。隊長の愛にもちゃんと応えて、暴走したときは殴って止められるように頑張ります」

愛の告白にしては逞しすぎるけれど、ティナらしい答えがクレドは何より嬉しい。

「だが、怖くはないか？　もしも俺が無理やりティナを襲うようなことがあったら……」

「大丈夫です。というか、既に経験済みですし」

予想外の答えに血の気が引いた次の瞬間、突然ティナがクレドの顎をつつく。

その直後、身に覚えのない記憶の欠片がクレドの脳裏によみがえる。

(そうだ、俺は一度ティナを……)

同時にかつてティナに食らった一撃を思い出し、クレドは思わず顎を手で押さえる。

「すまない、あのときの俺はどうかしていた……」

「いいんです。あの日は隊長のお母様の身に起きたことと重なる事件も起きていたし、おかしくなっても仕方ありません」

「だが……」

「それに私、ちゃんと殴って止められたんです。だからきっと、同じことがあっても止められます。止めるなと言うなら、それはそれでいいけど……」

「いや、もしも何かあったら止めてほしい。ないようにしたいが、俺はティナを乱暴に抱きたいわけではないんだ」

「なら今度もしっかり殴ります」

「蹴ってもいい」

「わかりました、全身全霊をかけてボコボコにしますね」

「してくれ」

懇願すると、ティナがおかしそうに笑う。

その笑顔を見ていると、改めて彼女への愛おしさがあふれ出す。

クレドのような男にも物怖じせず、笑顔を向けてくれるティナのことがずっと前から好きでたまらなかった。

性別を勘違いしていたせいで自覚が遅れたが、彼女との日々があったからクレドはまともになれたし、これからも穏やかでいられる気がする。

「ティナ、俺はお前が愛おしくてたまらない」

その気持ちを唇に込めて、クレドはティナに口づけを落とす。

優しくしたかったのに、珍しくティナのほうから舌を差し入れられたせいで、あっという間にキスは深まり二人はもつれ合うように倒れ込んだ。

気がつけば手足を絡め、二人はお互いの熱を探る。クレドはいつまでもそうしていたかったけれど、口づけと抱擁に溺れかけたところで、ティナがはっと我に返った。

「あ、あの……、やっぱり少し待って……ください」

「まだ、抵抗があるか？」

「いえ、ただ屋敷に帰ってきてから、身体を拭き清めただけで着替えてもいないから」

「風呂に入りたいのか」

コクコクと頷く姿が可愛くて、クレドは破顔する。

「わかった。続きはそれからにしよう」

言ってから、クレドはふと気づく。

「いや、風呂で続きをやればいいか」

「へ？」

「勢いでしても、また入らないかもしれないだろう。だから風呂で身を清めながら、入念に準備をしよう」

「いや待ってください！　準備って、あの……それは……！」

「安心しろ、最後はちゃんとベッドでする。あくまでも準備だけだ」

クレドの言葉にティナが安心した様子はなかったが、一秒たりともティナと離れたくない彼は、小さな妻の身体を問答無用で抱き上げた。

◇◇◇

生き生きと弾むクレドの声を聞いたときから、嫌な予感はしていた。

だが彼の言う準備は、ティナの想像より百倍は激しく淫らだった。

風呂上がりの火照《ほて》った身体をベッドの上で冷ましながら、ティナは小さく呻く。

クレドの手によって夜着は着せられたが、しどけなく横たわる様は完全に事後である。

「すまない、少しやりすぎた」

「……少し？」

怒気を含んだ声で指摘され、半裸のクレドが慌ててティナの側に膝をつく。

「悪気はなかったんだ。今夜こそ繋がることができるように、ティナを蕩けさせようと思っただけなんだ」

それは理解していたが、浴室に入るなり始まった愛撫は執拗だったし、身体を洗うという名目で頭の天辺《てっぺん》からつま先までまじまじと見られたことも恥ずかしかった。

(裸を見られても平気だったはずなのに、今日はなんだか居たたまれなかった……)

クレドの好意を知ったせいか、普段以上に彼の声や視線が甘く感じられて、なんだかとても気恥ずかしかったのだ。

指先で身体を撫でられるだけで感じてしまうし、石けんでぬめった身体を執拗に愛撫されたせいでティナはひどく乱れてしまった。

だが本番はこの後だからと、クレドは頑なにいかせてくれない。絶頂の兆《きざ》しを目の前にしたまま中をほぐされ続けたことで、ティナはもはや息も絶え絶えだった。

「す、するのが嫌になったか？」

押し黙るティナを見て不安になったのか、クレドが叱られた犬のように視線を下げる。そんな顔を見せられると怒りは続かず、ティナは鉛のように重い腕を持ち上げ、項垂れているクレドの頭をそっと撫でた。

「むしろ逆です。……煽るだけ煽って、ここでやめられたら困ります」

「心地よいと、思ってくれていたんだな」

「当たり前です。見ればわかるでしょう」

恥ずかしさのあまり声をすぼめると、クレドがティナをぎゅっと抱き締める。

「……ンッ」

それだけで身体がビクンと跳ね、甘い吐息がこぼれる。

クレドの手によって熱を高められた身体はもはや限界で、ティナは僅かに潤んだ目をクレドへと向けた。

視線が絡まると、次はゆっくりと唇が重なる。あっという間に深まるキスを受けながら、クレドの手によって夜着と肌着を脱がされていくのをティナは感じる。

どうせ脱がすのなら着なくてもよかったのではとも思ったが、愛する男の手に身をゆだね、生まれたままの姿になるのは恥ずかしいと同時に彼女を僅かに高揚させた。

その気持ちをクレドにも抱いてほしくて、ティナはクレドの服にそっと手をかける。

「隊長のも、もうすごく大きいですね……」

下着から解放されたクレドのものは相変わらず逞しすぎて、目の当たりにすると身体が竦む。でもそれを受け入れたいと、いつになく強い気持ちがティナには芽生えていた。

「なあ、ひとつ頼みがあるんだが……」

クレドの改まった口調に首をかしげると、彼はティナの頬を撫でながら優しく笑う。

「そろそろ、名前を呼んでくれないか？」

指摘され、今更のように騎士団時代の呼称を使っていたことに気づく。

「隊長と呼ばれるのも好きだが、家では呼び捨てにしてもらえると嬉しい」

いざそう言われると気恥ずかしいが、甘くねだられると嫌とは言えない。

「クレド……様……」

「様はいらない」

「でもあの、出会った頃から『教官』とか『隊長』とかつけていたから、何かつけないと落ち着かなくて……」

「俺はもっと親しげに呼ばれたい。本当は敬語だってやめてほしいが……、いっぺんに言っても無理そうだから、まずは名前からにしよう」

頼むと頭まで下げられ、ティナはしぶしぶ頷いた。

「……く、クレド？」

途端に、クレドの顔面が崩壊した。

その上彼は「はわぃいいいいいい」と意味不明な言葉を発しながら悶える。

「こ、興奮しすぎです」

「興奮くらいする！　念願がようやく叶ったんだぞ！」

「え、そんな前から呼んでほしかったんですか？」

「だって小隊の中で、呼び捨てにしないのは俺だけだったじゃないか」

「隊長は上官ですから」

「クレド」

「ク、クレドを職場で呼び捨てにするというのは……さすがに……」

「もちろん職場では今後も隊長でいい。むしろ職場だとかしこまっているのに家では呼び捨てというギャップにたまらなく興奮する」

「待ってください、まるで私が職場に戻るような言い方では……」

「戻るだろ？　今日のお前はここ数ヶ月の中で一番生き生きしていた」

「でも、私はもうクレドの妻で……」

「大事な妻であり、優秀な副官だ。両方できるのに、どちらか片方をあえて手放す必要はないだろう」

　言いながら、クレドがティナの頬に優しく口づける。

「俺は、ティナと甘く愛し合うのも肩を並べて戦うのも好きだ。だからお前は望むがまま、自由に生き方を選べばいい。片方でも両方でも、いっそ新しいことに挑戦したって俺はそれを応援する」

　クレドの言葉を聞いていると胸が詰まり、ティナの目に涙が浮かぶ。

それに気づいて慌てて拭おうとしたが、それよりも早くクレドがティナの腕を掴んだ。

「涙ももう隠さなくていい」

「でも女の涙は苦手だと前に……」

「辛い涙なら見たくないが、ティナの涙は綺麗だから好きだ」

「涙なんてみんな同じです」

「同じなものか、お前の涙は綺麗だしきっと甘い……」

言うなり、クレドの舌が瞳からこぼれた涙を嘗めた。

「いや、しょっぱいな」

「あ、当たり前でしょう！」

「でも不思議だ、甘いものを食べたときより身体が満たされる気がする」

舌先で反対の涙も嘗められ、ティナは恥ずかしさに身悶える。

「やっぱりなるべく泣かないようにします」

「泣いてもいいのに」

「だって、なんだか恥ずかしいんだもの」

「恥ずかしがるティナは可愛いぞ」

「そういうことを言うから嫌なんです！」

もっと恥ずかしくなると小声でこぼした途端、クレドの舌がティナの唇をなぞる。

途端にビクンと身体が跳ねて、ティナは羞恥のあまり手で顔を覆った。

「うん、やっぱり可愛い」

「たいちょ……クレドは、むやみに可愛いを使いすぎです」

「むやみではない。ティナにしか使っていないだろう」

そもそもティナが可愛いのがいけないのだと言いながら、クレドは不満げにすぼめられたティナの唇を優しく奪う。

発言は間が抜けていて残念なのに、彼の口づけは巧みだ。あっという間にティナを蕩けさせ、女の一面を露わにしてしまう。

色々と言いたいことはあったはずなのに、キスで再び官能を呼び起こされ、口からは甘い吐息しかこぼれてこない。

「あ……クレ……ド……もう……」

キスはとても心地よいが、浴室で高められた身体には物足りない。

湯の中で指をくわえ込み、緩くなるまでほぐされた膣からは愛液がこぼれて、早く早くと彼のものを求めてうねっている。

ティナの反応を見たクレドが小さな胸の頂きに優しく口づける。

「今度はこちらだ」

赤く起ち上がった乳首を口に食み、クレドの大きな手がティナの身体をゆっくりとなぞる。

ティナの感じる場所を的確に探り当て、巧みな愛撫で熱を高めていくクレドは、本の挿絵に怯えて赤面していた男と同一人物だとは思えない。

「ん……ぁやあッ……！」

濡れた秘裂に指を差し入れ、蜜をかき出す手つきにもつたなさはなかった。

「い……いつのまに……そんな……」

「ん？　いつのまに……とは？」

「だって……ンッ、指使い……すごい……」

「お前に触れられなかった間、部下たちに色々教え込まれたのだ」

そのせいで欲求不満が増して余計に情緒不安定になったが、役に立ってよかったとクレドが微笑む。

「心地いいか？」

「よ、よすぎて……ああ……ッ、い…ちゃう……」

秘裂を押し開くクレドの指の数が増えたが、ティナの膣はそれを易々《やすやす》とくわえ込んだ。指くらいであれば、もはや圧迫感は感じない。甘い疼きと共に、太くて長い指を根元までくわえ込み、ティナは心地よさに目を閉じる。

普段の凜々しさからは想像のつかない艶やかな表情に、クレドが小さく息を呑む。

それに気づき、ティナの顔に僅かばかりだが不安げな色が浮かんだ。

「は、はしたなすぎて……気分が悪くなったりしませんか？」

クレドの身に起きたことを考えれば、女性が乱れる姿は彼の心をかき乱すものだ。だからこそ、先ほども執拗にいかせなかったのではないかとティナは思っていた。

「大丈夫だ。むしろティナの美しい姿で、記憶を上書きしたい」

ティナの不安とは裏腹に、クレドの声はいつになく穏やかだった。一方ティナの肉洞を抉る指先は速さを増し、彼女を高みへと導いていく。

「遠慮はいらない。思うがまま、乱れて果ててくれ」

こらえきれない欲望を声に乗せ、クレドが懇願する。

その声を聞けば、全ては杞憂《きゆう》だったと気づく。

むしろ我を忘れるほどの法悦《ほうえつ》をティナに与えるために、彼はあえて最後まで快楽を与えなかったのだろう。

「……アッ、奥……もっと……深くして……」

彼が望むなら、もはや理性はいらない。

腰を僅かに浮かせ、ティナはクレドの指を奥へ奥へと誘う。

恥じらいを捨て、求めるがまま身体を彼に差し出せば、いつになく強い痺れが全身を駆け抜けた。

「ああっ　……そこ……っ！」

「ここか」

「ンッ……！　きもち、いい……もっと、もっと……」

ティナの望みを汲み取り、クレドが彼女の最も感じる部分を抉る。

次の瞬間頭が真っ白になり、激しい法悦が弾けた。

「あッ――――!!」

四肢を震わせながら、ティナは喜びを享受する。

想像以上の衝撃に意識が一瞬飛びかけたが、施された口づけによってすぐさま現実へと引き戻される。

「ン……んっ、あ……」

だらしなく開いた口に舌を差し入れられ、交わる唾液を嚥下《えんげ》しながらティナは身悶える。

上り詰めた身体には力が入らない。けれど身体の奥には、新しい絶頂の兆しが確かに存在していた。

「クレ…ド……」

「わかってる。今日は、今日こそはお前と繋がろう」

ぐったりとしなだれているティナを抱え上げ、クレドが彼女の腰の下に何か柔らかい物を差し入れる。

何をしているのだろうかとぼんやり考えていると、戸惑いが顔に出ていたのかクレドが小さく笑った。

「俺たちは体格差があるから、普通にしては無理が出る。それにティナのものを傷《いた》めてしまうから、腰の位置を高くしておこう」

その知識もまた部下に教わったのだろう。騎士団に復帰後、クレドに入れ知恵をしたルーカや部下と顔を合わせるのは恥ずかしい気もしたが、ぴたりと合わさった腰を見ていると、感謝の気持ちも芽生える。

「本当は横抱きにする方法もあるが、初めては顔を見ながらしたい。だからまずは、これで試させてくれ」

クレドの言葉に小さく頷き、ティナはゆっくりと足を広げる。

逞しいクレドが覆い被さってくると、圧迫感と僅かな息苦しさを感じた。

けれどそれ以上に彼を受け入れたいという気持ちが増していき、ティナの膣は再び蜜をこぼし始める。

太ももを濡らす蜜に逞しい竿の先端をこすりつけた後、クレドがティナの入り口にゆっくりと狙いを定めた。

「ふ……くぅ……ッ……」

彼の先端に入り口を押し開かれた瞬間、ティナの口からは苦痛の声がこぼれる。

クレドが慌てて身を引こうとしたが、やめるなと言うようにティナが頭を振った。

「いや……いれて……お願い……」

「だが、痛むのなら……」

「痛いだけじゃ……ない……から」

痛みも圧迫感もあるけれど、決してそれだけではない。

彼の先端を飲み込んだ瞬間、言葉にできない深い喜びをティナは感じたのだ。

（彼と……今日こそ、繋がりたい……）

クレドに愛されていることを、ティナは強く実感したかった。

その気持ちはクレドも同じようで、彼はもう一度ティナの中を押し開く。

「……ン、おお……きい……」

「すまない、まだ辛いな」

「いい……ん…です。私……全部欲しい……」

「そんな可愛いことを言われると加減ができなくなるだろう」

先ほどより強い力で腰を突き出し、クレドのものがより深くティナを抉った。

引き攣れるような痛みを感じたが、彼の太い男根はティナの感じる場所をことごとく刺激するため、だんだんと愉悦が勝《まさ》っていく。

ゆっくりと、しかし確実に、クレドのもので埋まっていくのを感じながら、ティナはそっと手を持ち上げる。

体格差がありすぎて、この状態では口づけもできない。

それが寂しくて、彼と触れ合う面積を増やそうと伸ばした右腕を、クレドが優しく捕らえた。

「最後まで、一気にいくぞ」

「……はい、きて……ください……」

どんな痛みが待ち受けていてもかまわない。たとえ身を引き裂かれても、彼のものであ

るなら喜びを感じてしまうだろうと思いながら、ティナは受け入れる覚悟を決める。

「愛してるよ、ティナ……」

待ち焦がれていた瞬間は、ずっと欲しかった言葉と共に訪れた。

クレドの楔《くさび》が深々と打ち込まれ、強い痛みにティナは声にならない悲鳴を上げながら身をのけぞらせる。

その目から自然と涙がこぼれ、つま先が痛みで震える。

(痛いけど……でも……嬉しい……)

シーツをぎゅっと握り締めながら、ティナは涙に濡れた目を幸せそうに細める。

「私……できた……でしょ？」

笑顔を向ければ、クレドもまた幸せそうに微笑む。

「ああ、ようやく繋がれた」

でもそれが終わりでもないとわかっていたから、ティナはねだるようにクレドの頬を撫でる。

「動いてください……。最後まで、ちゃんと……」

「だが痛くはないか？」

「痛いけど……それだけじゃ、ないから……」

彼のもので、もう一度悦楽へと落とされる予感を抱きながら、最後までしたいとティナはねだる。

「動いて……お願い……」

淫らな表情を浮かべながら、ねだる声はどこかあどけない。

それにクレドが勝てるわけもなく、彼は一度差し入れた男根を僅かに引き抜いた。

ゆっくりと腰を揺らし、クレドの先端がティナの中を優しく擦る。時間をかけ、丁寧に施される刺激によって痛みは霧散し、クレドを受け入れた膣からは悦《よろこ》びの兆しがあふれ始める。

「気持ちいいか？」

「はい……アッ……そこ……」

「おい、あまり締めつけるな……。激しくしないよう、こちらは必死なんだ」

「もっと……激しく……ッ、もっと……」

「ああくそっ、ねだるなら容赦はしないぞ？」

ティナの顔から苦痛の色が消えたのを見たクレドが、ズンッとより深く腰を穿《うが》つ。

「あぅ……あ……すご……い……」

「痛まないようなら、もっとだ」

抽挿が激しさを増し、肌の打ち合う音が次第に大きくなっていく。クレドに穿たれるたびにティナの小さな身体がガクガクと揺さぶられ、彼女は再び理性を飛ばす。

（ああ……また……また来る……）

舞い戻ってくる悦びに震えながら、ティナは中を抉るクレドのものをぎゅっと締めつける。その途端彼のものが更に太さを増し、愉悦と痛みがせめぎ合った。

「ああ、俺も……もう……」

だが熱情の混じったクレドの声を聞いた途端、痛みが消え繋がった場所から甘い悦びが広がっていく。

自分の中でクレドが昇り詰めていくのを感じ、ティナは慈愛に満ちた眼差しを彼へと向けた。

「クレド……私……」

愛していると言いたかったのに、押し寄せる快楽の波に呑まれて口からは甘い吐息しかこぼれない。

だがクレドは、しっかりと頷いてくれた。

「俺もだ……。俺も、お前を愛してる」

背中合わせで戦っているときのように、二人は呼吸を合わせお互いの存在を重ねていく。

「ティナ……ッ、ティナ——！」

愛の言葉の代わりに名前を呼ばれた瞬間、ティナの中にクレドの熱が放たれる。

そしてティナもまた、隘路《あいろ》を熱で満たされながら二度目の絶頂を迎える。

「クレド……クレ…ド……！」

愛する男の名を呼びながらティナは果てた。予想以上の快感に今度こそ意識が飛ぶが、それも僅かな間だった。

ぐんと腰を持ち上げられたと思えば、次の瞬間先ほどより近くにクレドを感じる。

背後から横抱きにされていると気づいて我に返ると、繋がったままになっているクレドのものが存在感を増していく。

(そういえば、一回じゃ……終わらない人もいるって前に……)

それどころかむしろ、先ほどよりクレドのものは逞しさを増している気もする。

(いや……そもそも……終わりなんてあるのかしら……)

ティナの不安を証明するように、クレドの手が優しくティナの胸を撫でた。

「ふぅ……あぅ……クレド……だめ……」

途端に気持ちよくなってしまう自分も普通でない気はするが、クレドの性欲は野獣並みな気がする。

それに付き合えるのかと考えつつも、縋るようにぎゅっと抱き締められると逃げるという選択肢はなくなってしまう。

「ティナ、叶うならもう一度したい」

甘く請われると逆らえず、ティナは胸元に置かれたクレドの手をぎゅっと握り締めた。

「い、一回……だけですよ？」

ティナを埋めるものが一回で衰えるとは思えないが、何度でも付き合いたいと言うのは恥ずかしい。

だがクレドは今の一言で、彼女の考えを完全に理解していた。

「お前が、俺の妻になってくれて本当に嬉しい」

小さな身体をぎゅっと抱き締め、クレドがぐっと激しく腰を打つ。

「あ……やぁ……すご……い……」

途端に不安も理性も消えて、ティナは彼との行為に溺れた。

ほどなくして彼女は再び達し、クレドもまた己の証をティナの中に注ぎ込む。

けれどそれさえもまだ、長い夜の始まりに過ぎないのだった。

◇◇◇

「お姉様の馬鹿！　二日もベッドを出られなかったって聞いてすごい心配したんだから！」

目に涙をたたえながら、ルルがティナの腕をぎゅっと握り締めている。

自分の私室で彼女と対面したティナが最初に感じたのは、深い罪悪感だった。

「怪我はもう平気なの？　寝ていなくて大丈夫なの？」

「え、ええ。もう平気よ」

そもそもベッドから出られなかったのは怪我のせいではなく、クレドとの一夜があまりに激しすぎたからなのだが、もちろんそれは口にできない。

（うう、我ながら力量を見誤ったわ……）

人より体力はあるし、仕事ではクレドについて行けていたという自負でうっかりむちゃをし、二日も寝込んだことは今思い出しても恥ずかしい。

そしてそれを誤魔化すために、嘘をついて妹を心配させてしまったことも心苦しい。

「でもよかった。なんだかお姉様、顔が生き生きしてる」

「そ、そう……かしら」

「うん。もしかして、ようやく両片思い期間が終わったのかしら」

気がつけばルルの顔からは涙が消え、ワクワクと声が弾んでいる。

「あの、両片思いって……何？」

「どう見ても両思いなのに、それにまったく気づいてないお馬鹿な状況のことよ」

知らないの？　と首をかしげる妹の愛らしさに普段ならメロメロになるところだが、彼女の言葉に驚いたティナはそれどころではなかった。

「えっ、待って、私たちのこと……気づいていたの？」

「ほとんどの人が気づいていたと思うわよ」

どう見てもお互いを意識していたじゃないと言われ、身悶えるほど恥ずかしくなる。

「少なくともラザロ様やルーカさんたちは気づいていたし喜んでいたわね。助け出されたとき、お姉様の妹だって気づいた部下の人たちにも、二人の夫婦生活について根掘り葉掘り聞かれたし」

「話してないでしょうね……」

「話すに決まってるでしょ。ラザロ様から仕入れた情報を全部教えたら、みんなすごく笑顔になっていたわ。お姉様たちって職場で慕われているのね」

それは絶対『次に会ったらからかってやろう』という笑顔だと思ったが、指摘する気力もない。

「やっぱり、職場復帰やめようかしら……」

「あ、やっぱり復帰するのね」

「ええ」

迷ったが、ティナの望むようにしてほしいとクレドに言われたことで、ティナはようやく心を決めた。

ティナは長いこと、自分は騎士としても女としても半端者だと思ってきた。けれどクレドに『両方できる』と言われたとき、半端者でいたのはどちらも手放したくなかったからだと気づいたのだ。

だとしたら、どちらか片方を選んで後悔するより、両方を選んでどちらも完璧になれるよう努力をしたいとティナは望んだ。

「よかったじゃない。そのほうが、お姉様は絶対いいわ」

「でも私、てっきりルルには止められると」

「私のような淑女になりたいって思っているのなら止めるけど、お姉様の目標はそこじゃないんでしょ？　そもそも私のようになるのは無理だし、それならいっそお姉様らしい女性になったほうがいいと思うわ」

　辛辣な部分もあるが、たぶんルルなりにティナを認めてくれているのだ。

「普通じゃないけど、それを言ったらクレド様も同じでしょ？　似た者同士なんだし、ふたりが一番幸せになれる関係は、きっと他の人と同じじゃないのよ」

「ルル、あなたって本当に大人ね」

「当たり前でしょ。私を誰だと思っているの？」

　すまし顔は子供っぽいが、どんなときでも的確な言葉をくれる妹が愛おしくて、思わずぎゅっと抱き締める。

　ドレスがしわになると文句を言いながらも、まんざらでもなさそうな顔をしているのがまた可愛くて頬ずりしていると、なぜだか窓の外から「かわいいいいいい」と声がする。

（この感じ、前もあったわよね……）

　声の主を察しながら窓のほうを見ると、バルコニーへと続く窓にはやはりクレドが貼り付いている。

「なんでそんなところにいるんですか……」

　慌てて窓を開けて問い詰めると、クレドは「尊い」と訳のわからないことをブツブツ呟きながらふらつく足で部屋の中に入ってくる。

「姉妹水入らずで過ごすティナは可愛いに違いないと思ったら、いてもたってもいられず」

「覗いたんですか」

「覗いてしまった。そして可愛かった」

そんな報告はいらないと叱れば、そこでルルが楽しそうに笑う。

「こんな残念な人を好きになれるのも、好きだって言われて平然としていられるのもお姉様だけよ？　だから自信を持ってね」

「その自信は、本当に持っていいものなの？」

ルルはにっこり笑い、あえて何も言わなかった。それに不安を感じつつも「夫婦水入らずでごゆっくり」と言ってルルはラザロに会うため部屋を出て行ってしまう。

途端にクレドがティナとの距離をぐっと詰める。

そのまま腰に腕を回され、軽々と抱き上げられてしまうと逃げ場はない。

「さあ、可愛い顔をもっと近くで見せてくれ」

体格差のせいで普通に抱き締めるだけだと顔が見えないからと、近頃クレドは彼女をよく抱き上げる。彼の腕に座るような格好は少し恥ずかしいけれど、いつもは遠いクレドと目線が合うのは少し嬉しかった。

けれど夫婦とはいえ、覗き行為を咎めないわけにはいかず、ティナはあえて怒った顔を作ってみせる。

「十分も一人でいられないなんてクレドは子供ですか」

「そうかもしれない」

「もうっ、そこで認めないでください！」

「一応我慢しようとは思ったんだ。絵を描きながら何とか一人で過ごそうと思ったんだが、ティナの顔を見たいと思ううちに、握っていた絵筆が次々折れてしまって」

十分で十二本も折ってしまったと言うクレドに、確かにこの人は普通じゃないなとルルの言葉を実感した。

同時にティナは少しだけ拗ねた気持ちになる。

「そういえばクレド、絵だけはまだ見せてくれませんよね……」

彼が嫌がるなら強制をする気はないが、実は少し寂しく思っていたティナである。それが顔と声に色濃く出ていたせいか、クレドが慌てた様子で腰を抱く腕に力を込めた。

「すまない。ただその、恥ずかしいし……その……」

「いいんです。夫婦間にだって秘密はつきものだし」

「いや、秘密……というか……。ああだめだ、お前にそんな顔をされると、駄目だ！」

言うなり、クレドは突然ティナを抱えたまま部屋を飛び出す。全力で屋敷を走る夫に慄きながら、ティナが運び込まれたのは『備品倉庫』だと言われていた部屋だ。

カーテンの閉められた部屋は暗く、何が置かれているのかはわからない。

「み、見せてもいいが……可能なら嫌わないでくれると嬉しい」

「どんなに下手でも、クレドを嫌ったりするわけないじゃないですか」

「いや、でも嫌いになった上に殴りたくなるかもしれない」

そのときは殴ってもいいとまで言いながら、クレドはゆっくりとカーテンを開けた。遮られていた日の光が部屋に満ちると、そこに置かれていたのはたくさんの絵画だ。そしてそれらは全て、人物画である。

「これ……私？」

「ああ。全部ティナだ」

「ものすごい数ですけど」

カンバスだけでも恐ろしい数だが、部屋の隅に置かれた棚にはスケッチブックなどもぎっちり収められている。

「昔から、お前のことが可愛くてたまらなくなると身体が勝手に描いてしまうんだ。あそこのは、五年前にお前が騎士団の大食い競争で優勝したときの絵で、あっちは熊を退治してガッツポーズしている絵だ」

「可愛いと思うタイミングがおかしすぎでは!?」

「いやもう、ティナは何をしていても可愛いだろう！　だからもう、家に帰るなり筆が止まらず」

「この数になったんですか……」

「正直、仕事中に描いてしまったこともある」

「もしや、報告書を書き損じたとよく言っていたのは……」

「文字ではなくティナを描いてしまったからだ。だが絵とはいえ、お前を消すことなんてできないだろう？　だから新しい紙が欲しいと嘘をついた」

すまないと項垂れるクレドに、ティナは呆れ果てる。

「……さすがに引いたか？　俺を嫌いになったか？」

「若干引きましたが、日頃の奇行の理由がわかってすっきりした感もあります」

仕事中、夢中になって手帳や報告書に何か書いているなと思ったことは何度もあった。

(うん、でもまあ私の絵だったらいいかな……)

女性の挿絵を見るだけで悲鳴を上げていたクレドだから、たぶん本当に全部ティナの絵なのだろう。それは彼が抱《いだ》き続けた愛の証でもある気がして、これはこれで嬉しい気もする。

とはいえ、もちろん懸念もあるが。

「それで、裸の絵はどこに隠してるんですか？」

「な、なぜあるとわかった!?」

「何年クレドの部下やっていたと思ってるんですか。わかりますよ」

「……人目に触れると困るから、隠し部屋に置いてある」

見るかと言われて、さすがに首を横に振った。

(絶対美化して描いてあるだろうし、見るのは恥ずかしい)

「描くのはいいですけど、あんまり盛りすぎないでくださいね」

「盛ってないぞ、見たままの姿を絵に閉じ込めているだけだ」

クレドの目には自分がこう映っているのだと意識した瞬間、ティナは喜びと恥ずかしさに顔を真っ赤にする。

「どうしよう、その顔も可愛いから絵にしたい」

「だ、だめです」

「いや、頼む。そんな可愛い顔をされたら辛抱がたまらん」

「じゃあ、これで我慢してください！」

クレドの首に手を回して、ティナは思いきり彼の唇を奪う。

「……が、我慢する」

「よし、良い子です」

夫婦というより飼い主とペットのようなやりとりだったが、二人の顔には甘く幸せな笑顔が浮かんでいた。

エピローグ

月日は流れ、ローグ国はいつになく爽やかな夏を迎えていた――。

この日、騎士団では五年に一度の剣術大会が開かれており、広い訓練場は人であふれかえっている。

急ごしらえの観覧席には多くの人が腰掛け、その多くは騎士を愛でに来た女性たちである。

「クレド様よ！　クレド様がいらしたわ！」

そんな観覧席へと向かう道すがら、女性に取り囲まれたクレドは恐怖のあまり、見事なまでに顔面を崩壊させていた。

以前よりは女性に慣れたクレドだったが、同時に対応できるのはせいぜい三人。しかし今は十人もの女性たちが彼を取り囲んでいる。

息も絶え絶えどころか呼吸の仕方さえ忘れ、クレドは本気で死を覚悟した。

だがそのとき、ふたつの小さな手が彼を女性の輪の中から引っ張り出した。

「もうっ、父上はほんっとダメダメなんだから……」

彼を助け出したのは、今年で五歳になる息子と三歳になる娘である。

「父上がもたもたしてるから、母上の試合はじまっちゃったよ！」

「ちゃったよ！」

舌っ足らずな娘にまで怒られながら、クレドはシュンとした顔で観覧席まで引っ張っていかれる。

何とか席に着いたものの、見れば試合は既に終わっていた。

「ああほらっ、母上はつよいからすぐ勝っちゃうっていったのに！」

「ほ、本当にすまない……」

拗ねる息子に謝りながら、最愛の妻が観覧席に手を振っている姿を見つめる。

長く伸びた髪を美しく結い上げ、今年から導入された女性用の騎士服を纏うティナは美しい。そして誰よりも、彼女は強い。

出産を二度経験して更にタフになったティナは、最近では銃だけでなく剣術でもクレドを負かすことが増えた。

そしてこの後、前回の優勝者であるクレドと戦う今年の優勝者は十中八九ティナだろう。

「戦うティナはものすごく美しいから、目の前で見たら正気でいられないかもしれない」

などと言いながら、クレドは人目も憚らず身悶える。

「お兄ちゃま、お父ちゃまがモジモジしてる」

「放っておけばいいよ。父上のモジモジをとめられるのは母上だけだし」

それよりティナの勝利を称えようと二人が手を振れば、ティナもそれに気づいて手を振り返す。

ティナの目に挙動不審な夫が映り、クレドもまた妻の視線に気づいて顔を上げた。

二人は見つめ合い、そして自然と笑みをこぼす。

言葉はなかったけれど、彼らは恥ずかしいほど甘い愛の言葉をいくつも交わしている。

そしてそのことを、二人の愛する子供たちだけは知っているのだった。


【了】

あとがき

このたびは『野獣騎士の運命の恋人』を手に取っていただき、ありがとうございます！

令和二年目もソーニャ文庫の隙間産業として頑張っていきたい八巻《はちまき》にのはです。

今回は、念願だった騎士ヒロインを書かせていただきました。残念なイケメンも好きなのですが、残念で脳筋なヒロインも大好きなので、書いていてとても楽しかったです。

ただ残念×残念カップルは恋愛偏差値が低すぎて色々困ったりもしたのですが（Hシーンとか）、下手《ヘタ》ップルゆえの微笑ましいやりとりがあっても良いのかなと開き直って、楽しく書かせて頂きました。

そしてそんな残念カップルに、今回は白崎《しろさき》小夜《さや》先生が素敵なイラストをつけてくださいました。体格差のあるカップルだったので大変な部分もあったと思いますが、ラフの時からものすごく素敵で、今も時々眺めてはニヤニヤしております。素敵なイラスト、本当にありがとうございました！

あと私の担当編集さんにも感謝を綴らせてください。

今回から担当してくださる編集さんが変わりまして、とても新鮮な気持ちでお仕事をさせていただきました。残念を攻めすぎるがゆえに、新しい担当さんに呆れられないかと不安もあったのですが、初稿へのコメントがものすごく温かくて、作業の励みになりました。

編集のHさん、本当にありがとうございます。そして最初に電話で会話したとき、めっちゃ寝起きだったせいでまともなご挨拶ができず申し訳ありませんでした。（それをメールで謝る勇気が出ず、こんなところで書いた私をお許しください……）

こんな私ではありますが、今後ともよろしくお願いいたします。

そして今回もプロットまで担当してくださったYさん。

長い間本当に、本当の本当にお世話になりました。（……と書きつつ、まだまだお世話になることもあるのですが、区切りなので感謝の言葉を書かせていただきました）

自分の作品が本になる喜びを知ることができたのは、Yさんのお陰です。またYさんがどんなプロットも好意的に受け入れてくださったお陰で、ありのまま書きたいものを書くことができました。
叶うならまたいつか、一緒に本を作れると嬉しいです。今まで本当にありがとうございました。

去年はいろいろなものが終わったり変わったりして、不安や喪失感も多い年だったので、今年はそういうものに囚われず明るく楽しく生きていきたい今日この頃です。「お前その歳でそんな脳天気に生きていて大丈夫か!?」と言われるような緩い人生を送りたい……。(切実)

そして作品のほうは、今後も楽しく読んでいただける物を書いていきたいと思っておりますので、また次も手に取っていただけると嬉しいです。
それではまた、お目にかかれることを願っております!

八巻にのは

Sonya
ソーニャ文庫

この本を読んでのご意見・ご感想をお待ちしております。

◆ あて先 ◆
〒101-0051
東京都千代田区神田神保町2-4-7 久月神田ビル
㈱イースト・プレス　ソーニャ文庫編集部
八巻にのは先生／白崎小夜先生

野獣騎士《やじゅうきし》の運命《うんめい》の恋人《こいびと》

2020年4月7日　第1刷発行

著　　者　八巻《はちまき》にのは
イラスト　白崎小夜《しろさきさや》
装　　丁　imagejack.inc
D　T　P　松井和彌
編　　集　葉山彰子
発 行 人　安本千恵子
発 行 所　株式会社イースト・プレス
〒101－0051
東京都千代田区神田神保町２－４－７ 久月神田ビル
TEL 03－5213－4700　　FAX 03－5213－4701
印 刷 所　中央精版印刷株式会社

ISBN 978-4-7816-9670-6
定価はカバーに表示してあります。

Sonya ソーニャ文庫の本

『竜王様は愛と首輪をご所望です！』 八巻にのは

イラスト 成瀬山吹